# 猫界

刘狐白 著

江苏凤凰文艺出版社
JIANGSU PHOENIX LITERATURE AND ART PUBLISHING

**图书在版编目（CIP）数据**

猫界 / 刘孤白著. — 南京：江苏凤凰文艺出版社，2021.3

ISBN 978-7-5594-5281-8

Ⅰ. ①猫… Ⅱ. ①刘… Ⅲ. ①长篇小说－中国－当代 Ⅳ. ①I247.5

中国版本图书馆CIP数据核字（2020）第198406号

**猫界**

刘孤白　著

责任编辑　孙金荣
特约编辑　未　生
责任校对　孔智敏
出版统筹　孙小野
出版发行　江苏凤凰文艺出版社
　　　　　南京市中央路165号，邮编：210009
网　　址　http://www.jswenyi.com
印　　刷　三河市金元印装有限公司
开　　本　880毫米×1230毫米　1/32
印　　张　10.25
字　　数　195千字
版　　次　2021年3月第1版
印　　次　2021年3月第1次印刷
书　　号　ISBN 978-7-5594-5281-8
定　　价　52.00元

FONGHONG

当我回到了老家，

我要向神述说我一切的烦恼。

——美国黑人灵歌

# 目录

# 引子

我和他就这样面对面坐着。

这是我第一次去监狱看他，本以为他会戴着手铐脚镣隆重登场。结果还好，他只是剃了光头，穿一身囚服，在警官的带领下，稍有些怯生地出现在我面前。

这是监狱接见楼的二层会见室，房间颇大，整洁明亮，墙上挂着许多励志的条幅，诸如“浪子回头金不换，悬崖勒马奔新生”“失足未必千古恨，今朝立志做新人”“花朵蒙尘逢喜雨，桃李争春沐朝阳”之类，朴素庄重，令人肃然。

我们抬手示意，相互拘谨地笑了笑，然后规规矩矩隔着连椅餐桌相对而坐。桌面泛黄，镶着蓝边，虽显陈旧，却很干净。稍让我诧异的是，餐桌是以马蹄形的方式，将房子隔成两半。尽管我初涉此道，却大致能揣摩出监狱的良苦用心：物理隔断，便于管理，还能容纳相对多的人。不过，这样的安排总感觉眼前有道无形的墙，既让彼此有些陌生，又使见面变得遥远。

客套，寒暄，乃至还有点不知从何说起，曾一度使场面有些尴尬。这是下午三点，一束淡淡的阳光透过铁窗，将树梢的影子零星地投在桌面上，影影绰绰，时隐时现。正是这婆娑荡漾的暖意，飞速流逝的光影，竟一下激起了我们撼山的勇气：抛开一切，就像过去那样无拘无束地侃大山吧——抽烟、吹牛、辩论、玩笑，我们开始默契地一起推墙，协力驱散时空的束缚。他信口讲起家里喂养的猫，每当家人进门，它竟会去把拖鞋叼过来；我则谈及当年我们在去威斯敏斯特大学的路上，他如何算计与擦肩而过的漂亮女生搭讪。

欧阳安迪是重庆人，是我在英国读书时认识的同乡校友。早年，他父母在朝天门做服装批发生意，家境较为殷实。像大多数望子成龙的普通家庭一样，他高中毕业后，就被父母送去英国本科硕士连读，我就是在那个时候认识的他。学习期间我们租房合住，相处甚欢，情同兄弟。

安迪比我大两岁，他先回国成家，然后接手父母的生意摊子。安迪在英国非常关注互联网的发展，他一直认为父母一辈子做的服装生意，简直摆不上台面，要干就必须在互联网领域另辟天地。于是，父母的基业成了他的试验田，他开始大展拳脚。然而事与愿违，他在网络投资上大败，直接导致资金链断裂，公司倒闭，负债累累。

“当时我想的就是豁出去了！”带着对家人的愧疚，安迪决定铤而走险。他找到以前在英国积累的人脉关系，偷偷走私香烟，期望能东山再起。未料不久东窗事发，且因走私金额巨大，终于换来十年的牢狱之灾。“杰克，其实我一直是想把事情做好，而且至今认为方向没错，只是实在高估了自己的能力，又低估了市场的残酷，以致一败涂地。”安迪在英国学的是西方哲学史，恐怕谁也不会想到，这门古老而神秘的学科竟会使他折戟于此。

安迪的崇外与沉沦还可从改名上得到印证。欧阳是复姓，以前在我面前，他就常以与欧阳修同宗为荣。安迪原名叫欧阳松，是他父亲取的，希望他能像青松一样挺拔、常青。但他回国后做的第一件事，就是将自己的名字改为欧阳安迪。安迪系英文名，源于希腊，意谓勇敢，这是他在英国留学时取的。其实，那些年出国留学的学生，几乎每人都有个洋名，既方便大家称呼，又显得洋气，就像他叫我杰克、我叫他安迪一样，这不足为奇。但其他人回国后几乎没人改名，安迪执意如是，当是在宣示自己想干番事业的雄心。

直到安迪进了监狱，我才想起一件事，但一直没有勇气告诉他。美国有部非常牛的影片，叫作《肖申克的救赎》，里面的主角就叫安迪，安迪·杜佛尼，一位被陷害的银行家。这部监狱题材的电影我看过多次，但从未联想到安迪。我实在没想到会这么凑巧，安迪与监狱竟然成就过一段经典。

在往昔的话匣关上之后，我们的话题便转到了我感兴趣的监狱上。安迪告诉我，他所在的监狱规模较小，属于中等戒备监狱，主要关押刑期不超过十五年的犯人。监狱只有五个监区，前四个系生产监区，五监区是老年犯监区，有些法律允许的特殊政策。安迪能够分到五监区，算是监狱对文化人的一种优待，况且监区也需要年轻人来干些体力活儿，安迪就被分在了推水送饭组。

安迪介绍说，在监狱服刑，除参加生产劳动外，还有许多可供犯人劳动改造的岗位，如值班守岗、弄菜做饭、清洁卫生等，这些带有服务、监督性质的岗位，被统称为勤杂工种岗位。监狱大门一关，就是一个小型社会。作为集体生活的一部分，需要少数人为大多数人提供公共服务，实属正常，推水送饭便在此列，同时兼做监区公共区域的清洁，剩下的时间就可用来读书看报，安迪常为此感叹："这已是不幸中的万幸了！"

安迪告诉我，除此之外，他还有项任务，就是喂猫。监狱里有群野猫，各监区从来没有老鼠，就是这群猫的功劳。由于安迪负责洗碗，就可在每天饭后，将桌上的残羹剩菜收集起来，供这些猫享用。监狱纯属偶然的安排，不意让"我家有猫"的安迪派上了用场。正因如此，我们后来每次见面必说的话题就是猫。

以朋友或同事的身份去探望囚犯，在业内被称为"社会帮教"，意思就是协助监狱对其进行帮助教育，以起到安抚囚犯情绪的积极作用。故此，能多谈对方感兴趣的事，使其心情愉悦，当是我不负帮教之名的责任所在。"这些野猫凶吗？怕不怕人？它们为什么不从监狱里出来？"诸如此类明知故问的幼稚问题，也只有在这种场合才提得出来。

但是，安迪的回答非常认真，充满理性："野猫就是野猫，它们与生俱来的习性与外面没什么区别，就像我们人类一样，无论身处什么环境，同样是适者生存，各显英雄本色而已。不过，这儿确与外界有所不同，这就是，我们虽然分属完全不同的世界，却同在高墙内的一座监狱里，同在巴掌大的一片蓝天下。"

# 上卷

# 泰山

监狱里的野猫群，领头的是一只身材高大、腰身肥厚的大麻猫。它身上的毛很长，可以拖到地上，走起路来身子一耸一耸的。这只平时看似有些笨拙的大猫，实则相当机灵。它身手敏捷，身轻如燕，寻常坡坎如履平地，上墙爬树无猫能比。

领头猫是这群野猫的守护神。监狱看似风平浪静，实则猫生形势严峻。除食物短缺、生疮害病外，最大的威胁是来自伙房的狗群。伙房养狗，据说与养猫防鼠一样，它们的主要任务是预防食物有毒。伙房的狗数量不多，只有几只，公母皆有，大概还是一家人。那只领头的公狗特别凶，伙房的犯人就给它取名泰森，寓意当是称霸武林。幸好泰森那时年龄尚小，敌不过这边的领头大猫。故此，监区以前的喂猫者，便给这只领头猫取名为泰山：泰山压顶嘛！

事实正是如此。泰山性情凶悍，一点也不怕狗，有时甚至自己去伙房找吃的，来去自由，挑衅之至。因此，伙房的狗从不敢找这边猫的麻烦，而猫们呢，当然更不会去自寻死路。一段时间里，猫狗各行其是，相安无事。

泰山行踪神秘，尤喜独来独往，安迪很少在监区看到它。有一次，安迪上三楼药房拿药，无意中透过铁窗，看见泰山偷偷趴在一辆大货车后面，而这辆车正徐徐开出监狱大门。安迪当时一下就蒙了：这家伙是在越狱啊！看来自由是人人向往的，连动物也概莫能外。然而几天后，安迪又在监狱看见了泰山。当时，泰山似乎还瞟了他一眼，意思是说，我胡汉三又回来了！

安迪当时还不懂得这些，他不知道泰山的分量，更不了解猫对家的概念，甚至，他从人类的角度来看，还有些曲解。安迪认为，作为这个大家族的头领，这家伙只知道自己在外享受，根本不管猫群的死活。而且他还听说，泰山非常专断，凭武力霸占着猫界的全部母猫。有一次，一只公猫去调戏母猫，结果被泰山咬掉了半边耳朵。但不管怎样，在安迪的印象中，这段时间大猫小猫都平安无事，食物尚可，无忧无虑，自由自在，简直可以说是一段难得的幸福时光！尤其令安迪难忘的是，这群猫每天中午来监区开饭的盛况。

监区食堂门外右侧有一花台，种植着剪得整整齐齐的毛叶丁香。毛叶丁香是一种灌木植物，比人略矮，花呈紫色，有淡淡的香气，适合做隔离带、修饰花园，以供观赏。灌木丛分成左右两排，两排之间有一空隙，便成了猫们的饭堂。

野猫总是怕人的，而在这儿开饭还能避雨，可谓一举两得。每天中午，安迪将装有食物的盆子放进灌木丛中，再用勺子轻轻敲敲盆子，意思就是，开饭了！说时迟那时快，本来静悄悄的丛林一下便动了起来，刹那间窜出一大群五颜六色的猫。它们围着盆子，不争不抢，有条不紊地吃着。看着猫们吃得津津有味，安迪心里舒坦之极，而牢友们的友善和称赞，又给了他无穷的动力。这样的日子持续了一年多，进入冬季后，监狱猫界更是迎来了一桩特大的喜事。

监区底楼的楼梯背后是个死角，平时用来放置废纸箱、废报纸、篮球、羽毛球拍等杂物。有天晚饭后，打球的牢友来这里拿羽毛球，钻进去就看见一个纸箱里，密密麻麻全是红色的小肉团，这可把他吓坏了，马上忙忙慌慌来找安迪："不得了，安迪！猫儿好像下了好大一窝哟！"

监狱管理虽然严格，但犯人的作息时间仍是张弛有度。一般情况下，只要当天没下雨，晚饭后，监区犯人就有一个小时左右的放风时间，大家可在操场上散步聊天。而许多喜欢运动的犯人，则可利用这段时间锻炼身体，监狱里最常见的运动方式就是羽毛球、篮球、乒乓球，这名犯人就是进来拿球时发现的。

这些小崽崽的母亲叫安娜，是泰山的夫人，这次一共生了六只小猫，创下了监狱猫界生产的最高纪录。成年猫一般春天发情，怀孕两个月即可产崽。而在这样寒冷的冬天生产，则说明安娜的性欲和体力都非常好。一般来说，每只母猫生产的数量不同，大约一至八只不等，平均一窝四只左右，安娜一口气产下六只，在条件艰苦的监狱实属罕见。

这些小猫刚生不久，全靠安娜喂奶。为保证安娜有充足的奶水，安迪特地在牢友中发起募捐，征集到一些袋装的牛奶、火腿肠、牛肉干。安迪就用旧的不锈钢碗装上，悄悄放在底楼的楼梯间里。时至冬天，天气寒冷，安迪担心小猫冻着，便趁安娜外出觅食时，专门给警官打了报告，带了一张旧床单去楼梯间，将床单铺在纸箱里。

那段时间，安迪每天都要去看看，有一次，甚至还看到安娜和小猫在一起，非常温馨。小猫咪们出生还不到十天，眼睛尚未睁开，但已经长出茸茸的细毛，十分可爱。尽管天气一天比一天寒冷，但在安迪的眼里，监区分明充溢着生机勃勃的暖意，春天轻盈的脚步，伴随着这些小生命的诞生，似乎正越走越近……

这一年多我去了监狱十多次，每次都能感受到安迪的变化。

刚到监狱的头两个月，安迪还在一监区整训。那时的他，沉默寡语，对外界发生的事了无兴趣，我们的交谈大多数是回忆在英国的日子。虽说有时说到过去他也开怀大笑，但随即而来的落寞可以一下就挂上脸。

其实，安迪的家人对他的事还是很理解的，一点没责怪他，每月都定时去探监、上账，偶尔还通过熟人给他带点好烟、书籍，安抚他面对现实，争取立功减刑，早日回家。然而，这些安慰和鼓励始终没能减轻他的自责和内疚，每每一叙至此，他就禁不住仰天长叹。然而，自从他分到五监区与这群猫打上交道后，他的性情竟然大变，变得开朗有趣、谈笑风生，对他从事的养猫工作，总是娓娓道来，特别说到安娜一家时根本就打不住，帮教时间到了，警官催了几次，他都还在唠唠叨叨地说着。

安迪第一次和我谈及养猫的这些事，兴奋得很。他说，监狱生活枯燥、单调，每天能够与一群猫打交道，看着它们成长，心里有种说不出的高兴。我问他，你怎么喂？自己都不够吃，哪还有多余的食物去喂猫？安迪听罢笑了，他说，现在监狱与以前已大不一样了，监狱犯人的伙食标准是国家规定的，隔天中午开一次荤，有炖猪排、炒回锅肉、粉蒸肉、蒸烧白、小火锅等，属于大锅菜，分量够吃，只是味道一般。不过，五监区是老年犯监区，犯人有点特殊待遇，可自己掏钱买营养餐，同样隔天一次，有肚子炖鸡、泡椒鲫鱼、辣子兔、剁椒草鱼、三鲜肉片、盐煎肉、炒腊肉、香酥排骨、红烧带鱼、苦藠鹅掌汤等，每年冬至，甚至还能喝上一碗热气腾腾的羊肉萝卜汤。这些菜量足味好，而大家吃剩的骨头、鱼刺等，就是喂猫的最佳食物。

“隔天一次？这些东西够吃吗？”我依然觉得不可信。安迪看着我，停顿了一会儿才回答：“你说对了。这是监狱，可以这样说，有时够，有时的确不够，这和我们在家里养宠物不一样。但是……”安迪强调说，“它们是野猫，有总比没有强，在这样的环境里能够有这些，已经是它们的福气了。”

安迪还给我讲起他第一次喂猫时的情形。他说，上岗第一天时逢监区吃泡椒鲫鱼，组长就带着他在桌上寻找残渣，收了尖尖一盆子鱼头、鱼刺。弄完后，组长端起盆子就往外走，他赶紧叫住组长，小心提醒说这些鱼头、鱼刺要用水洗一洗，特别是要将葱、蒜挑出来。安迪告诉我，家里长期养猫，这些都是基本知识。对猫而言，人的食物中含有过量的盐分、糖分和脂肪，喂食时，需将这些食物用水清洗一下。此外，猫不能吃大葱、洋葱、蒜，这会破坏它的红细胞，导致贫血。

我当时听了非常惊讶，我不知道这个学哲学的家伙，怎么会懂这些东西。事实上，这就是安迪的完美之处。他一直在追求完美。当然，有些事情若过于追求完美，往往会导致不完美的事发生，这恰似他当初在投资上追求完美的不完美。

关于这件事，我们后来还进行过深入的探讨。安迪举例说，猫的眼睛是世界上最美丽的尤物，有绿色、金黄色、蓝色、古铜色，不一而足，看着都令人艳羡。然而，因为猫只有绿色、蓝色两种视锥细胞，比人类少了一种红色，所以猫眼看到的世界，几乎没有鲜艳的颜色，这对猫来说，当真是莫大的缺憾。

于是他总结说，美丽的东西从来都不是完美的。

安迪帮教后的第二天，猫界陡然发生了一件大事，而且来得毫无征兆。

事发当晚，雨下得很大，打在铁窗上发出当当的响声。一道道急速的闪光，在床边一划而过，随之而来的就是轰隆隆的雷声。安迪翻来覆去睡不着觉，其实，只有他心里清楚，他不是因为这些雨声、雷声，他一直惦记着的，是楼梯间的安娜一家。

深夜十二点整，一阵哐哐的开铁门的声音从走廊尽头传来，安迪知道，这是巡夜的警官来查房了。一般情况下，警官会在每个房间里转转，看看监舍有什么情况，谁的被子没盖好，谁有什么不舒服，这是例行的巡查。警官走后，安迪坐起身，摸出一支烟抽起来，想着明天给安娜再拿点什么吃的去，而越下越大的暴雨则令他有点心神不宁。就在这时，底楼突然传来一阵异常激烈的尖叫声，安迪一下就听出是泰森、泰山的声音，还有说不太清的撞击声。这一过程时间非常短，随后这些声音就被淹没在暴雨之中。

第二天早上，安迪一起床，就趁着锻炼身体去了楼下。底楼没住人，全是监区的工作用房，事情就发生在楼梯间和走道上。楼梯间一只羽毛球拍的线断了，装小猫的纸箱倒扣在地，所幸小猫全在，都畏畏缩缩地挤在一起。一只篮球停在走道门口，走道窗下的白瓷砖墙面上，有两三块血渍，地上湿漉漉的，一片狼藉。安迪将篮球、羽毛球拍收拾好，将小猫装进纸箱，放在最里边的死角里，再用抹布将走道墙上的血迹揩尽。他返回监舍，倒了一小盆牛奶下楼，放在纸箱外面。他寻思着，若是安娜不回来，他该怎样去照顾这些小猫。

“泰森竟然攻击了五监区！”深夜凶案成了监区牢友的热门话题，泰山、安娜都不见了。当天中午，安迪去伙房推饭，看见泰森正懒洋洋地躺在地上，神情显得有些疲惫。他猜测，一定是泰山吃了败仗，说不定还连累到了安娜。

当晚黄昏时分，监区的放风时间刚结束，安娜就出现在空无一人的操场上。安迪一看见安娜，就急忙趴在窗边看。只见安娜佝偻着身子，缓慢地潜行到了食堂边，东嗅嗅，西闻闻，又转了几圈，才钻进大楼的铁栅门，估计是去看它的孩子们去了。

安娜终于回来了！幸好放了一小盆牛奶，安迪一想到这里就倍感欣慰，晚上睡得很香。第二天中午，安娜同其他猫一起来监区进食，安迪一眼就发现，安娜身子的一侧有丝丝血迹。他围着安娜转了几圈仔细察看，才看出它的左腿有小小的划伤，但一点不妨碍行走。

泰山再也没有出现，直到此事发生的第四天。

那天上午，安迪做完楼道清洁，正在阅览室看书，忽然听到二楼值班的门岗在叫他，要他到警官办公室去一下。去后警官告诉他，花木组的犯人在打扫狱内卫生时，发现了一只死猫。因安迪平时喂猫，警官就叫他去看看，一起去的还有卫生员。在监狱里，任何犯人都不能单独行动，必须两人同行，而派卫生员同去，则是为了处理那只猫的尸体。

安迪和卫生员出了监区，来到教学楼旁的树丛前。据在场的花木组牢友说，这里一直贮藏着他们用于施肥的油枯饼，今天要用来取时，才发现这儿有具猫的尸体。油枯是农村打菜籽油剩下来的残渣。将家禽的粪便与油枯混合，再加发酵剂一起发酵后制成饼，就成了肥沃的油枯肥料。油枯饼不沾水时，闻起来还有股香味，可一旦接触到水，简直可以说是臭不可闻。教学楼边上，种植着一簇簇密密麻麻的八角金盘，因树叶呈八角形而得名。八角金盘既大且密，枝繁叶茂，四季油光青翠，其性耐阴，将教学楼这一侧遮得严严实实的，所以，花木组才把油枯饼藏在这里。安迪到那儿时，花木组的牢友已将树叶劈开，里面横陈着的正是失踪了几天的泰山。

安迪面色凝重，仔仔细细地四下察看。身躯庞大的泰山侧身伏在地上，一只眼半闭着，呈灰白色，像起了层浓雾一般，黯淡无光。身上的皮毛也失去了光泽，散乱地堆了一地，犹如一团没有整理的扫帚，早没了往昔的凛凛雄风。这里没有明显的臭味，想必正值冬季，空气中只有油枯饼淡淡的香气。安迪顺手拿起花木组的扫帚，在泰山身上轻轻推了推，明显感觉到泰山的身子已完全僵硬，根本推不动。或许是想深究就里，他大起胆子找牢友要来铁锹，使足力气将泰山翻了过来。随着周围牢友啊的一声尖叫，安迪这才发现，泰山的脖子上有一条深而宽的褐色裂缝，混合着脖子周边的长毛，已完全凝固成一团乱麻。

安迪注意到，泰山是伏在下水道盖板上的。花木组的牢友告诉他，这儿是下水道的疏浚口，平时用盖板盖着。因长年侵蚀，中间有两张盖板磨损严重，它们之间的缝隙越变越大，几乎成了下水道的一个入口，完全可以钻进去一只猫。他们推测，泰山一定熟悉这个入口，它受伤后可能是想钻进下水道避难，结果最终没能逃过此劫，死在这里。

这一凶案为猫界蒙上了一层厚厚的阴影，监区的春天不仅没有来临，反而越走越远，越走越冷，越走越深，远得让人心寒，冷得令人惊悸，深得叫人绝望。

那次帮教，是我很长一段时间以来，看到安迪最不开心的一次。尽管如此，安迪还是根据他的判断和猜测，还原了这一事件的整个过程。为此，安迪特地为我讲解了监狱里狗和猫的生存状况。

他说，在监狱里，狗和猫的命运是不一样的。因为狗肩负着食物安全的重要使命，又有伙房这个近水楼台在供养，算是有正式编制，其伙食与猫不可同日而语，不说经常有大鱼大肉，但至少不会挨饿，它们的生存是能够得到保障的。此外，监狱考虑到成本因素，一般就养几只狗，一旦有小狗生下，就会送出监狱，不会给监狱带来大的负担。相反，虽说监狱养猫是为了防鼠，但没有政府口粮，只是靠犯人的残羹剩饭维持生计，吃了上顿不知下顿，根本不能保证它们的基本生活需求。同时猫的繁殖能力又较强，产崽的数量较多，食物的供需矛盾一直是制约猫生存的主要因素。泰山靠着自己的强壮和机敏，多少还能保证满足身体的需要，亦能应对监狱艰苦的环境。但是，因其长期穿梭在监狱内外，似乎没有注意到它的宿敌泰森早已长大。而今面对突如其来变得强大的对手，最终丢了性命也在情理之中。

“说实话，我对泰山本没什么好感，总觉得它对家族不负责任，只顾自己。但这次事件发生后，我改变了我的看法。”安迪在为我还原这起惨案之前，语气就变得沉重，说到后来，眼眶都湿润了。

留学哲学硕士、擅长逻辑思维的安迪，为我模拟了那次战斗的惨烈。

长期以来，监狱的猫狗都有各自的势力范围。伙房在监狱大门的左侧，狗群一般都在伙房附近活动，如果犯人不去伙房，平时几乎看不到狗的影子。而五监区则在监狱靠里的右侧，猫的活动范围虽说遍及各监区、教学楼和生产车间，但它们从来不去伙房，正所谓井水不犯河水。然而，这起惨案却打破了这一常规，泰森的的确确进犯了五监区。对此，安迪猜测是安娜的孩子们吸引了它，而住在一监区的伙房牢友则证实，安娜最初产崽的地方就在一监区。据他们说，一监区本是最早养狗的地方，监区花台一角甚至还有一间用红砖砌成的小房子，那里曾是狗的老家。其后狗群搬至伙房，小屋就闲置着，安娜选择在这里产崽，大概是

看中它良好的居住条件。不过，一监区紧挨着伙房，这间小屋与伙房的狗舍之间，仅有一道铁栅栏相隔。安娜生产之后，或许才发现这里非常危险，遂转移至五监区。而泰森极有可能是因为嗅到小猫的气味，此后趁夜追踪而来，伺机偷袭，当系最佳的解释。

安娜落脚五监区已有时日，泰森何以等了这么多天才下手呢？若以我这种外行来猜测，可能会想象是因为泰森那些天并不饿，也可能是它还未提起兴致，再说聪明点，甚至是它在观察等待时机，这些都是我们常人惯有的思维。然而，熟知情况的安迪立马就给出了答案。他说，监狱对狗与猫的管理是不一样的，狗是每晚必须关进狗舍，而猫则是放任自流。此前泰森没来，说明它没找到机会“出门”；而那天晚上进攻五监区，则说明它成功地逃脱了“禁闭”。

“事实上，这种情况经常发生。”安迪解释说，他听伙房的人讲过，伙房每天晚上收工时，本来是要将这些狗关进狗舍的，但有时一只狗不知到哪里去了，而他们又不能等它自觉地回来。于是，经常有狗不进狗舍，在外过夜的事发生。泰森的行为证明，动物如果没有人类的约束，一旦它想采取行动，就一定有它必须动手的理由。

安迪仔细察看过打斗现场。他认为最科学合理的解释是，泰森那天晚上趁着暴雨摸黑进入五监区时，泰山恰好在这里。关于这一点，安迪和我还展开了讨论。他说，他起初也觉得奇怪，他只知道一般情况下，公猫与母猫交配后就会分道扬镳，后代则由母猫抚养。虽然猫界也有公猫照顾小猫的情形，比如公猫会帮助小猫掩埋粪便，以躲避危险，但基本不会履行父亲的责任。所以，按照人类的思维，泰山这天晚上来到五监区，或为小猫，或为安娜，或为果腹。但是，安迪根据当晚的情况认为，泰山来监区最可能的原因就是避雨。那天晚上电闪雷鸣、暴雨如注，泰山说不定当时正在监区附近。面对这种突发情况，规避风险、寻求庇护是动物的本能，或与亲情无关。

“不管怎么说，泰山在最是时候的时候来到了五监区。”这是安迪得出的结论。

最初的搏斗就发生在底楼的楼梯间，泰森的偷袭遭到泰山的反击，双方打得很凶，不仅踢翻了装着小猫的纸箱，还将什么篮球、羽毛球弄得一塌糊涂，当真是生死之战。打斗惊动了正在照顾小猫的安娜，它也跟着丈夫加入了战斗。说到这里，安迪为我描述了那天晚上他听见的事发现场的各种声音。他说，来监区已有一年多了，因喂猫和推饭之故，他对泰森和泰山的声音都很熟悉，尤其是泰山，他感觉那是它从心底涌出的怒吼，紧张狂乱之极，至今还令他心有余悸。

“到底是什么声音？”我有点好奇。安迪想了一会儿说：“那是一种令人极度揪心的声音，急促、凶狠，它有时会连吼几声，感觉撕心裂肺；有时又一声长啸，似在为自己壮胆。但我能听出，泰山的声音后来完全被泰森的狂叫淹没，哪怕是再大的雷声都盖不过它……”安迪说到这里已是自言自语，声音低落，“接下来就

是一阵乱七八糟的响声，乒乒乓乓的。最后，这些声音来到了操场上，随后就越来越远，渐渐地就听不见了……其实，这一过程时间非常短，大概还不到一分钟，说实话，我现在都想不起猫的声音了，脑海里只有泰森的声音，这恐怕是世界上最恐怖的狗叫声了！”

安迪根据现场勘查的情况推测，那天晚上的战斗，是从楼梯间一直打到走道，时间虽短，但可以想象，泰山、安娜是怎样在阻止泰森进犯的。走道墙上的斑斑血迹，说明这里才是这场战斗的主战场。正是在这里，泰山无疑遭到了致命一击，它脖子上的伤口证明，泰森的进攻可谓一剑封喉。泰山远比安娜强壮，但安迪依据它们受伤的状况认为，一定是泰山在奋力保护家人，并在自己受到重创的最后关头将泰森引走，用自己的生命保全了安娜和小猫们。

安迪解释说，猫有母子深情，但几乎没有家庭概念。泰山能够在这个不寻常的夜里神奇般地出现，已是救世主的化身。在这场物种之间的大决战中，或许是同类基因的亲近使然，陡使泰山迸发出同仇敌忾的英雄本色，才使得它能够尽到作为同类，当然也是作为父亲最后的责任。安迪说，动物在危难时刻所表现出来的认同感、亲近感和使命感，人类或许只识其表，不谙其里，但最终呈现出来的结果，却值得我们尊重和回味。当然，作为泰森一生的死敌，即便受伤的泰山当时想一走了之，恐已非易事。

八角金盘系坚强、有骨气的象征，泰山最后于此长眠，当是对它所为的最佳诠释。安迪说，泰山这名字不是他取的，但他看过《人猿泰山》这部老电影，他对影片中强壮善良、不善人言的泰山充满钦佩之情。虽然过去他根本没把二者联系起来，但通过他这次的调查，他认为泰山正是扮演营救少女简·帕克的大救星。

直到那次帮教结束，安迪都沉浸在失去泰山的悲痛之中，他说他永远不会忘记泰山死时的惨象。“它对得起这个名字，它的死是重于泰山的。”安迪反复唠叨着，他为自己误解了泰山而感到羞愧，更为自己的无能为力感到沮丧。

两大界别头领的决战，通过安迪栩栩如生的描述，给我留下极其深刻的印象。我完全没有料到，在城市文明如此进步发达的今天，在人类随处皆可干预的动物世界里，我们竟然还能偶遇如此血淋淋的战斗场面。大概这是在监狱的缘故吧，我怜悯泰山之死，更为监狱猫狗两界的恶战表示担忧。不过，学哲学的安迪却另有新见。他说，尽管人类的搏杀带有强烈的正义与邪恶之分，但动物之间的战争似乎没有对和错，它们都是在为生存而战，就像罗素所说：“战争不决定谁对了，只决定谁留下了。”而这场战争的结果，最终是泰森留了下来。

安迪告诉我，按照监区要求，那天花木组的牢友、卫生员和他一起对现场进行了消毒，并在监区外面左侧的一块空地上，将泰山的尸体做了深埋处理，没留一丝痕迹。不过，此后若遇上监区安排他们到狱内的草坪除草，安迪总能找到泰山的“墓地”去看一看，除除杂草，唠上两句，以示对它的缅怀和纪念。

## 安娜

泰山之死，在监狱猫界引发震动。

最初的变化来自午间的进餐。原先中午开饭，除泰山偶尔来一下以外，其他猫总是悉数齐至，可谓一个都不少。但现在，有些猫就不怎么来了。安迪观察发现，凡携儿带女的一家子一般都要来，而成年的单身猫就来得少了。很明显，全家冒险前来进食，是因为要养活自己的孩子；而单身汉们则把安全放在首位，宁肯自己在外谨慎觅食，也不愿为此丢了性命。另一变化则更能说明问题。过去开饭前，一大群猫总是前前后后一路小跑冲进监区，直奔毛叶丁香丛藏身其中，等待那一声清脆的敲盆声。而今这些猫进监区，几乎都是贴着铁栅栏的墙脚，东瞧西张，小心翼翼地挨近丛林，全无过去进食时的自在欢愉。

这些变化是带有传染性的，以安迪的观点，猫界内部正释放着一种危险的信号，以至所有的猫都变得警觉起来。而安娜则是它们的风向标，它的一举一动深深地影响着猫界社会。为此，安迪花了些时间，从老牢友那里了解安娜的情况。

安娜的故事就像是传说。

据说，泰山与安娜的父亲是同一辈的，是不是有血缘关系已无从考证。当年，安娜的父亲与泰山为了安娜的母亲大打出手，最后安娜的父亲打败了泰山，与安娜的母亲生下了安娜。与安娜同时生的还有两个弟弟，现一同生活在监狱里。安娜的母亲乖巧听话，很逗人喜欢，在生下安娜不久后就被抱走了。接下来的故事就是一个世道轮回的大反转，安娜的父亲与泰山又为了安娜而大打出手，最后泰山打败了安娜的父亲，才与安娜结合在一起。

猫的发情受激素控制，纯属生理反应，本身并无伦理观念和爱情意识，到了发情期，任何猫之间都可以交配。这就意味着，猫界是一个典型的乱伦社会，所有的猫可以和父母、兄弟、姊妹交配，同样可以和儿子、女儿交配。在它们的世界里，永远只有公与母的区别，没有伦理与道德的概念。

猫界家庭的混乱，使安迪常常要为分辨谁是谁、谁是谁的谁而烦恼。当然，你要有心去识别一只猫还是简单的，你可以从毛色、缺陷乃至细微的差别上去辨别。但是要想说清它们的关系，尤其是出没无常的野猫，这就是个世界难题。安迪的办法是，通过两只一大一小的猫的亲昵程度，来认定它们的母子关系；通过两只成年猫常在一起的事实，来判断它们的夫妻关系；再通过自己细致的观察，来判断这只猫是谁。他甚至在记事本上绘制猫界的家谱，把每一只猫的特征和关系都记录下来，以使自己能够说清它们纵横交错、简直让人崩溃的复杂关系。比如安娜，安迪就是这样记录的：

姓名：安娜

性别：雌性

婚姻：已婚

关系：泰山的妻子

子女：六个，暂未取名

特征：黑白花猫，眉间上黑下白，鼻直有黑线，
身体丰腴，动作优雅

现在，我们就来解读一下。

安娜一生下来，就继承了它母亲的一切优点。安娜是一只黑白混杂的花猫，模样长得很美。它的眉宇是一道非常明显的分界线，上面是纯黑色，下面是纯白色。但是，另有两条黑黑的细线，沿着鼻梁两端下来，像国画里随意勾描的曲线，远远望去，如一幅淡淡的水墨画。所以，安娜最美的就是鼻子，直直的、挺挺的，很有轮廓的美感和绰约的性感，可谓人见人爱。

安娜的另一处美，则在于它的修养。安娜吃东西很秀气、稳重，

偏着头，用一边的牙吃，吃得很慢很小心，斯斯文文，从来不会囫囵吞枣，吃完了还舔嘴，绝对是一手一手地来。尤其令人醉心的，是它的洁好。安娜非常爱清洁，随时随地都会用嘴去舔身子。若是用嘴舔不到的地方，它就会将口水抹在爪子上，再用爪子去洗。其实，这是猫独有的行为方式，猫的舌头上有许多粗糙的小突起，除污去垢再合适不过。不过，只有安迪清楚，猫清理皮毛除了自身清洁外，还有更为重要的原因。生活中常有这样的情形，猫被人抱后，就喜欢用舌头去舔人摸过的地方。有人可能认为是猫嫌人脏，其实不然，通过清洁除去自己身上的异味，以躲避捕食者的追踪，这才是猫的意图所在，它们所做的一切都是为了生存的安全，一如马克·吐温对猫的评价：“它们是世界上最干净、最精巧、最有才智的动物。”

然而，这一切现在已完全变了。

泰山死后，安娜一家仍住在楼梯间。但是，一向爱干净的安娜却变得邋遢、不修边幅，既不和猫打堆，又不和人亲近。有一天中午，安娜来晚了，安迪准备给它找些吃的，但安娜明显露出敌意，头也不回地跑开了。安迪对安娜的变化非常担心，那段时间，他每天都要去楼梯间看几次，但从没遇见过安娜。小猫一般足月后才断奶，现在这些还在吃奶的小家伙能吃能睡，暂无大碍，说明仍然是安娜在抚养它们，安迪因此心下甚慰。

一天清晨，安迪起床后先到操场锻炼身体，然后再到楼梯间

去看小猫们。当时天刚蒙蒙亮，安娜不在，装小猫的纸箱又放在死角，几乎看不大清，连数数都费力。于是，安迪就将纸箱搬到操场边上。纸箱里，五只小猫挤在一角拱上拱下，嗲声不断。而另一角，还有一只小猫在熟睡。安迪看着看着就笑了，心想这只猫真贪睡啊，其他小猫都在玩耍了，它竟还在睡懒觉！六只小猫全部安全，放下心来的安迪准备将纸箱搬回去。这时，一个刚锻炼完的牢友走过来，见状就叫安迪把纸箱放在地上，让他瞧瞧。

小猫们现已成形，毛全长出来，已不怕人摸了，而且安娜一家在五监区生活，还全仗这些牢友的支持，所以，安迪也任由牢友逗着这些小猫玩。这时天色渐亮，突然，牢友呀的一声，他那只一直伸进伸出的手，一下就停在了空中。

牢友的叫声，引来其他牢友过来围观。安迪心里一点没有准备，还以为是牢友的手被小猫给挠了，忙俯身下看。“这只小猫，它、它、它……”牢友说话有些语无伦次，刚停在空中的那只手一直指着一角睡熟的小猫。

安迪心一沉，双手向两边一张，叫牢友们让开些，自己则蹲下来仔细查看。那只小猫仍在熟睡，只是感觉姿势有点不对头。他伸手将那只小猫提起来，这才发现小猫身子软软的，眼睛紧闭，头耷拉着，嘴角有一小块凝结的血迹，脚趾间亦有少量血迹。此时，周围的牢友像炸开了锅，你一言我一句，一下就揭开了小猫的死亡之谜：它是被压死的，而能够在窝里压死它的，几乎可以肯定地说只有它的母亲——安娜。

“这只小猫确实是安娜压死的，”在泰山死后的次月我去帮教时，安迪声音低沉，香烟一口接一口，“但是，小猫真正的死因不在安娜，而在我。”安迪此语一出，我一下子就愣住了：“这是哪门子事啊，难道你安迪还要承担没有教育好安娜的责任不成？”安迪抬眼看我一下，难得地笑了笑说：“杰克兄弟，我可没有教育安娜的本事啊！你知道，这些毕竟是野猫，即便是家猫也是很难让它听话的。”随后，安迪做了深刻的自我检讨。他说，小猫之死与纸箱有关。

最初，那只纸箱是如何成为安娜的育儿所的，安迪说他并不清楚，也没太在意，楼梯间本就堆着许多杂乱的纸箱，说不定就是安娜自己翻出来的。安娜搬来监区后，小猫咪们还小，纸箱里即使住着安娜，都绰绰有余。但小猫长得很快，纸箱开始变得拥挤。由于安娜经常不在，安迪就有些疏忽，“早知道就该给它们换个大一点的纸箱，况且这种纸箱监区多得是。”正因为这样，欧阳安迪才会如此自责。

监区有个百货组，是为犯人订购百货服务的。百货组同样由勤杂工种的犯人担任，他们每周定时收集犯人所需的百货清单，通过监狱的政府采购渠道进货，然后再将百货分发到犯人手中。故此，就有许多装百货的废纸箱堆在楼梯间，隔段时间就会处理一次，监区从来就不缺这类纸箱。

“没有处理被压死的小猫，我估计安娜也没发现……”安迪自责的同时，也顺带提到了安娜。他认为，那段时间安娜受到惊吓，神情委顿，精力不济，估计对孩子的照顾也没那么精细，这也是最后酿成事故的重要原因。安迪告诉我，母猫压死小猫其实是常有的事，有时刚生产完的母猫，甚至会因某种原因吃掉小猫。“怎么还会有这种事？”面对我吃惊的神情，对此颇有研究的安迪则很淡定。他说，刚生下的小猫，若因人为因素，沾上了人的气味，有些母猫为了自保，会吃掉小猫，这是猫科动物原始的自我保护意识。而母猫因生产后身体虚弱，捕食能力差，急需补充营养，有时也会直接吃掉小猫。

安迪说，动物界的这些残忍行为，不是我们人类所能理解的。它们一生都是为了生存，所谓理性于它们而言，恐怕都是人类赋予的想象。诚然，它们会抚养子女、关爱有加，但这是本能，没有一种动物会因为在冬天要吃食物而在春天工作。或许有人说，有些动物不是喜欢贮藏食物吗？比如，松鼠储存松子、狮子掩埋死鹿、野兔贮藏橡子，以供自己今后享用。其实，这只是动物生存惯性使然，与人类的深谋远虑无关。唯有当一个人去做某一件事不是因为习惯所致，而是因为理性告诉他，只有这样做才会产生效益，才能体现价值，才能追求到有品质的生活，那才会出现真正的深谋远虑，诚如亚里士多德所说：“人生最终的价值在于觉醒和思考的能力，而不只在于生存。”这当系人与动物最大的区别。

“那这种情况会在家猫身上发生吗？”我问道。安迪解释说，无论是野猫或是家猫，都有这种情形发生。猫咪一般不满周岁就已性成熟，开始生儿育女，但其身心尚幼，加之有的母猫系第一次养崽，经验不足，出现这种意外是难免的。所以，有些家庭养猫时，就会人为阻止一岁左右的猫怀孕。当然，家猫因有人照看，还有弥补的可能，野猫就难说了。“不过，若是母猫养崽的地方大一些，压死小猫的概率就会小多了！”安迪对此不无遗憾。

当着这么多牢友的面，被发现一只小猫竟被压死在窝里，安迪既觉得没面子，又为那只可怜的小动物而悲伤。由于监区内无法掩埋小猫的尸体，安迪就把它交给花木组处理，自己则去找了一只大纸箱，重新将床单铺上，继续放在楼梯间。但令安迪没想到的是，正是他这次有些大意的换箱举动，竟又酿成另一起本该避免的事故。

监狱的管理带有军事化色彩，每天什么时候干什么，都有一套雷打不动的制度。比如，每天的集合、报数、出工、就餐、放风、收舍，都有严格的时间要求。监区若是有重大事项需要通报，还会在晚上召集犯人开会。有天晚上，监区通知在食堂开会。安迪因洗碗稍晚的缘故，开会时就坐在最后一排，听警官讲解有关减刑的政策。听着听着，安迪感觉身后有点响动，扭头一看，只见安娜从监区的铁栅门缝隙跳了进来。猫的趾底有脂肪质肉垫，在行走时几乎没有声响，这是它们因捕猎而进化的结果。有人会问，猫不是有爪子吗？怎么会没有声音？其实，猫在行进时爪子是处于收缩状态的，这主要是为了防止爪子被磨钝，而爪子只有在捕猎和攀爬时，才会伸出来。但是那天，安娜确实在安迪身后弄出了响动。当时，其他牢友因隔得较远，又在专心听讲，没人发觉。等安迪回头去看时，才发现安娜浑身是泥，是它身上的泥浆带出了一点声音。那天并没有下雨，安娜上哪儿弄这一身的泥水？

安娜进来后，似乎一点不为有这么多人而所动。它像是停下来歇口气一般，一动不动地站在那里。因为在开会，安迪不能发出声音，就试着用眼神跟它打招呼。然而，它几乎都不看安迪一眼，就自顾自地到楼梯间去了。

严格的监规纪律不容安迪去了解这些情况。等他第二天去查看时，才发现小猫只剩下四只。直到这时他才醒悟，昨天安娜一定是去寻找走失的小猫去了；而直到这时他才后悔，是自己的大意，使安娜又失去了一个孩子。

安迪在接见室给我讲到这次事故时，完全一副不能原谅自己的神情：“许多人犯错后，都是在总结经验，吸取教训。而我呢，纯属是错上加错。你说，我这么一个思维缜密的人，怎么会一再犯这样低级的错误？”

我看得出来，安迪这段时间的所有精力几乎全扑在安娜一家上。对于每只小猫，他都视若己出，百般呵护。然而就在这短短的时间里，安娜一下失去两个孩子，这对安迪来讲，不仅是悲伤，更像是耻辱，这大概是他特别沮丧、特别自责的原因。

随后，安迪道出了这次事故的真相。他说，那天在为小猫们换纸箱时，只想着找一个大一点的。不料百货组刚卖过一次纸箱，剩下的纸箱不多了，安迪东挑西选，最后就有些凑合地选了一个虽然较大却有些浅的纸箱，最终导致有只小猫从里面跑了出来。而安娜那晚一身泥浆，则可能是到水沟或下水道之类的地方找它的小宝宝去了。

安迪的检讨既让我感动，又让我为他担心。我安慰他，监狱不是外面，许多事情能做到这样就很不错了，这不是他的错。安迪却说，不管怎么说，是他在照顾这些小猫，小猫有任何闪失，他都难辞其咎。此后，为弥补自己的过失，他立马去百货组，专门腾出一个既大且深的纸箱，马上给它们换了。他心想，这下小猫不会再跑出来了，安娜一定满意了吧？然而，等到他第二天去楼梯间查看时，才发现自己之前所做的一切都是白费。

因为，安娜和所有的小猫都不见了。

安娜转移了小猫。

没有找到小猫的安娜，最终搬了家。安迪明白，安娜这样做表明它对自己失去了信任，或者说，是对五监区失去了信任。安迪没有保护好安娜和它的孩子们，这一切都是他的失误造成的。但是，安娜会把孩子们搬到哪儿去呢？花木组每天都要做监狱的环道清洁，第二天出工前，安迪特意拜托他们顺便找找安娜一家。当天中午开饭时，安娜没来监区。接下来的一周时间，花木组既没找到安娜，安娜也没来监区吃食，这令安迪牵肠挂肚、寝食难安。

一周之后有了答案。

重庆是全国有名的火炉，监狱的生产车间都安有空调。这些大空调的室外机很大，放在外面易遭日晒雨淋，监狱便搭些棚子加以保护。由于室外机需要散热，棚子就不是全封闭的，只是地面铺点砖头，再用雨棚板遮住上面和两边，正面则是完全敞开的。

花木组每天主要做环道清洁，生产区的卫生则由各车间负责，他们去得很少。由于安迪特意吩咐，这些天，他们扩大寻猫范围，终于找到了安娜的“家”。原来，在三监区的车间外，空调的室外机与车间的墙壁之间，留有较大的空隙，地面平整且两边有雨棚遮挡，比较隐蔽，安娜就选择在此抚养小猫。花木组的牢友遗憾地说，他们还是发现晚了。当时正值隆冬，天气冷得死人。空调棚子虽说可以遮雨，却挡不住刺骨的寒风。等他们找到这儿时，只有两只冻僵的小猫蜷曲在那里，安娜和剩下的两只小猫不知去向。

安娜又失去了两个孩子！安迪听闻后，一个劲儿地找花木组的牢友追问，真的死了吗？两只小猫都死了吗？他一直不愿意相信这个事实。猫普遍怕冷，即便失去了五监区的安全之地，教学楼、卫生院、车间、禁闭室等屋内之地，都可供安娜选择，它为什么非要在室外，而且是在这样寒冷的冬天，来抚养自己的宝宝呢？“难道安娜是在因泰山之死而自暴自弃吗？甚至是为了报复我的失误而故意为之？”安迪虽然觉得自己的想法滑稽可笑，但他实在想不出什么理由，来解释安娜不合常理的做法。

安迪平时推水送饭，都不会经过生产车间。恰巧一天后，监区安排他去车间拿东西。在经过三监区生产车间时，安迪顺路去看了看空调室外机的雨棚，一下就解开了安娜在此安家的谜底。

三监区的车间生产藤椅，喷漆之后需尽快晾干，因而冬天必须开空调，以保持室内正常的温度。空调开机时，室外机就会不停地散热，安娜的家在白天是暖和的。然而，一到晚上，车间空调关闭，这儿就完全如同露天，两只小猫被冻死便是明证。安迪还据此推断，安娜是在白天转移小猫的。猫是夜行动物，晚上搬家比较安全，但安娜却在白天采取了行动。关于这一点，安迪有理由认为，小猫接二连三地出事，安娜一定是觉得在监区已不安全，于刻不容缓之时仓促搬家。但是，安娜在晚上应该能感知气温的，这么低的温度，它怎么不想办法搬家呢？

安迪家里一直养有猫，他非常清楚，猫稍觉不安全就会搬家，有时甚至只是因为家人去摸了摸小猫咪，它就有可能带着小崽崽挪窝。安迪对安娜的行事百思不得其解，只能想象是因为白天的暖和诱惑了它，或者就是寒冷的夜晚它能承受，而没想到自己的孩子承受不了，这大概就是人类通过想象，能够探知猫界的最大程度。

人类社会的趋利避害与动物世界的适者生存，其实没什么区别。任何一只笨得不能再笨的动物，都不会去选择于己无利的生存方式，这是生命的基本法则，安娜当然不会例外。安迪的推测是，正因为当天死了两只小猫，安娜可能才发现这儿太冷，所以又转移地方，至于为什么没有全军覆没，大概或与小猫体质有关，或与安娜夜里照顾有关。只是而今，安娜和它的孩子们又到哪儿去了呢？它不来监区吃食，平时又靠什么维持生活呢？

一个月后，安娜和它的孩子们竟不期而至。

监区二楼楼梯转角是个平台，左侧是警官值班室，右侧是监舍走廊，门口有道铁栅门。如此布局，可使值班警官对监舍走道的情况一目了然。每天晚上九点前，铁栅门是开着的，犯人有事可去警官处或者上下楼。九点收舍后，铁栅门上锁，但犯人仍可在走道里活动，直至十点关灯休息。

有天晚上收舍不久，安迪正在洗漱，忽听得楼道值班的门岗在喊他。平时负责公共区域卫生的他，晚上被叫去是常有的事。待安迪出门往铁栅门方向走去，刚走到一半，一下就停住了：他简直没想到，就在铁栅门外，安娜和两只小猫正朝走廊里不停地张望！走道上，有几个牢友在锻炼身体，安迪几乎是一路东撞西碰地冲过去的。“我是刚看见它们来的。嘿嘿，我想一定是找你来了！”门岗笑嘻嘻地开着玩笑。安迪几乎没听清门岗说什么，一下就扑到铁栅门前。

很久没看到安迪这么开心了，这次去看安迪，感觉他简直与前几次判若两人。他滔滔不绝地给我讲着安娜的故事，对每一个细节都如数家珍，特别是讲到一些精彩之处，连我都有些情不自禁。

他说，那天晚上看到安娜，感觉安娜完全变了，又变回到从前那个优雅知性的安娜，而且竟然长得强壮起来。安迪说，他无法猜测这段时间安娜是怎么过来的，但显而易见的是，安娜比过去多了一分自信。安迪为我描述那天的情形。他说，安娜立在转角平台当中，双脚并拢，并得很整齐，无可挑剔，定睛看着他。它没什么表情，只是眼神里多了几分警觉，且不住地转头去看往上走的楼梯。安迪明白，那是它随时可以逃走的退路，它必须时时留意。相形之下，那两只小猫虽然看起来还算健康，但长相却不咋样，一只很黑，一只秃顶，一直在安娜身边打转。安迪当时的第一感觉就是，小猫肯定是饿了，安娜带它们来这里，一定是来找吃的的。

“在别人眼里，我当时肯定像个疯子一样。”安迪笑着说，他那天几乎是一路冲回监舍，翻箱倒柜找了两根火腿肠，又拿了一盒牛奶，然后一路冲回铁栅门。“说实话，当时我主要是怕它们走了。”安迪这样解释自己当时的举动。他将火腿肠分成一小截一小截，丢在安娜和它的孩子们面前。然后，又用吸管将牛奶挤一点在地上。安娜没有急着就吃，而是先嗅了嗅火腿肠，才慢慢偏着头，用一边牙去吃。而那两个小家伙，则径直扑到“牛奶池”边，用舌头舔食。

这顿晚餐，随着围观的牢友们不断加入，可谓丰盛之至，牛肉干、猪蹄子、烤鳕鱼，这些都是监狱百货供应的袋装食品。“我估计，安娜和它的孩子们，这辈子都没吃过这么多、这么好的东西了！”安迪说到这里，特别对监区的牢友大加赞赏。安迪告诉我，事实上，在监狱里因条件有限，物资匮乏，许多人都会变得自私，这是可以理解的。然而，在对待安娜一家上，牢友们却意外地慷慨。好在，老年犯大多家庭状况稳定，监区几乎没有“三无”人员，这些零食他们还是给得起的。而在其他监区，有许多人属于“三无”人员。为此，安迪特别为我做了解释。他说，我们现在所说的城市“三无”人员，是指无生活来源、无劳动能力、无法定抚养义务人的公民。而在监狱，“三无”人员则界定为“无通信、无接见、无汇款”的囚犯。这“三无”就意味着，该犯人没有亲人探望，没有朋友照顾，也没有生活来源。对此类人群，除了在监狱参加生产劳动有一定报酬外，监狱每年都要组织开展各种社会帮教活动，慈善机构、爱心人士都会给他们送来一些日常生活用品，帮助他们在监狱改造。

“安娜非常聪明，你从它选择来监区的时间上就能看出。”安迪强调说。九点以前因铁栅门开着，安娜就没有来。九点之后铁栅门上了锁，它这才带着孩子来这里。在这个时候来，我们与它们之间，就有一道无法逾越的铁栅门，足见其心思缜密。

尝到甜头后，有一段时间，安娜几乎天天带着小猫来这里吃食。牢友们再有钱，也不可能天天这样施舍。安迪说，他当时灵机一动想了个招数，说服大家把过期的食物找一找，结果一下收集了好几箱吃的，安娜一家的生计算是有了保障。

监狱每逢重大节日和重大活动，都要进行清监检查，这是惯例。清监的目的是确保安全，清理的对象就是一切违禁品，除了严重的毒品、管制刀具外，还包括削水果的自制木片、打火机、私藏的药品等，其中，过期食品也在清查之列，这是为犯人身体健康着想。安迪说服大家的理由很简单，就是与其被清监没收，还不如送给安娜一家。结果牢友们都积极响应，在纪律与健康之间做出了明智的选择。

就是在这段难得的和谐时光里，安迪为了区别两只小猫，就分别给它们取了名字。两只小猫一公一母，公的取名汤姆叔叔，母的取名甘地夫人。“一位叔叔，一位夫人，不要嫌名字取老了，这实在是最符合它们特征的称呼。”安迪一再向我说明他取名的意图。

区别公猫与母猫，安迪自称很在行。他说，一个月后的小猫，只要细心观察，他都能看得出来。他解释说，猫的尾巴根部下面有两个孔，上为肛门，下为生殖器。一般来说，两者较近就是公猫，较远就是母猫。当然，猫长大后，还可从体型、脸型、性格上予以辨认。体型较大、脸型带腮、性格温顺的，就是公猫；而体型较小、脸庞较小、性格高冷的便是母猫。不过，安迪说，这些差异说起来简单，但要做到真正辨别，还需要丰富的经验。事实上，安迪因无法捉住小猫进行鉴别，故在它们的性别上，还是观察了一段时间才最后确认。安迪为此还开玩笑说，如果在区分猫咪公母上出了差错，他这个脸就丢大了。

安迪说，那只小公猫长得有点夸张，虽也是普通的黑白相间，但黑色中混杂着麻色，腮帮下还有一小撮杂毛。尽管它还是个小猫，却给人老气横秋的感觉，再加上动作迟缓、有些凝重，安迪自嘲:“这使我很自然地联想到了汤姆叔叔。”

说起汤姆叔叔，读过点书的人几乎无人不晓。美国作家斯托夫人创作的《汤姆叔叔的小屋》，是19世纪最伟大的小说之一。这部关于反奴隶制的长篇小说，对美国社会的影响是如此巨大，以至在南北战争爆发初期，林肯接见斯托夫人时留下一句传世之言:“你就是那位引发了一场大战的小妇人。”而这部小说的主角，就是忍辱负重的汤姆叔叔。

与汤姆叔叔刚好相反，那只小母猫身子大部分是白的，本应是个可爱的小姑娘。然而，老天不作美，这只白皙皙的小猫竟然有些秃顶。安迪告诉我，小母猫头上还有点毛发，但真的极少，远远看上去就像个秃子。

安迪说，世界上确有一种真正的无毛猫，叫作斯芬克斯猫，又称加拿大无毛猫。这种猫是基因突变产生的宠物猫，除了在耳、口、鼻、脚等部位有点薄而软的胎毛外，其他地方均无毛，皮肤多皱、富有弹性，看起来感觉有些另类。这种猫性情温顺，独立性强，无攻击性，能与其他猫和平相处，但价格昂贵。这是安迪自己查找到的一点资料，却依然无法解释这只小母猫为什么会这样。在监狱这样的环境，怎么可能与斯芬克斯猫这样高贵的猫有关系？据说，一只斯芬克斯猫的价格在3000英镑左右。不过，人们对这种猫的看法褒贬不一，有人认为它是稀有的猫种、罕见的珍宝，而有的人则根本无法接受它的奇特外表，干脆就称之为“怪物”。

事实上，安娜的这只小宝贝就是个“怪物”，安迪估计是发育不全造成的。怎么给一只秃头的母猫取名，让安迪想破了脑袋。用他自己的话来说，他想了好多天，最后为了让它有个体面的名字，才给它取名为甘地夫人。

甘地是印度国父，他的“非暴力”哲学思想影响极大，带领国家走向独立，摆脱了英国的殖民统治。甘地被称作“圣雄甘地”，他标志性的形象就是光头。而甘地夫人就是英迪拉·甘地，印度独立后首任总理贾瓦哈拉尔·尼赫鲁的女儿，是印度现代著名的政治人物，担任两届印度总理，因其政治方针强硬坚定，故被后人称为“印度铁娘子”，甚至有人把她称作“印度国母”。安迪煞

费苦心，为这只小母猫取名甘地夫人，是把甘地的外表与甘地夫人的内在有机地结合起来。他说，他希望这只小猫能像甘地夫人一样，自强自立，独行于世，从自己奇特的相貌阴影里走出来。

“安娜的名字又是谁取的？取得这么有文化品位？还有，怎么这些猫取的都是外国人的名字呢？”我忍不住脱口一问，却把安迪笑惨了：“杰克，你可能根本想不到，安娜的名字是怎么来的。”安迪说，安娜原来的名字叫大花猫，是大家叫习惯了的。有一天，有个新犯刚到监区，对什么都新鲜，可能是第一次看到安娜，就被安娜的优雅迷住了，站在二楼窗户就“看哪、看哪、看哪……”地叫。安迪说，这名新犯舌头有点大，说话有些夹舌子，把“看哪”一直喊成“嗯哪”。后来牢友们混熟了，总是“嗯哪嗯哪”地取笑他，说这是他给大花猫取的名字，“嗯哪”后来就变成了“安娜”，这与托尔斯泰笔下的安娜·卡列尼娜没有半毛钱关系。

安迪告诉我，在他来之前，除泰山、安娜外，其他的猫都没有名字，牢友们就黄猫、花猫、麻猫地叫。后来之所以取的都是洋名，主要是受泰山、安娜名字的启发，且与他自己在国外留学的经历有关，同时还规避了监狱里那些粗俗的外号。安迪介绍说，监狱有一套管理犯人的规章制度，叫作《监狱服刑人员行为规范》，简称“五章三十八条”，就服刑人员生活、劳动、学习、文明礼貌等方面做了详细规范。其中，里面就明确规定，犯人之间不准乱取绰号。但实际上，犯人互叫绰号相当普遍，而且都很低俗、平庸，什么冬瓜、跛子、猴儿之类。安迪坦言，为猫取这些洋名，其实就是在寻找某种心理上的平衡，以营造自己内心的另一个世界。

两个多月过去了，冬天已渐渐远去，春天正悄然来临。安娜一家在众多牢友的关照下，正慢慢走出失去泰山和孩子的阴影，监狱的猫群开始恢复以往的活力。中午开饭时间，监区便成了这些猫聚集、社交和玩乐的场所，颇为热闹。天气暖和、万物复苏，当是动物外出觅食的好时光，监狱的野猫也不例外。有时安迪去伙房推饭，在沿环道的树丛或草丛里，就常看到它们活跃的身影。有一天，安迪甚至还亲眼看见了十分惊险的一幕。

这天安迪和牢友推饭回来，谁也没注意到泰森悄悄跟在他们后面。刚走到一半时，泰森突然从安迪身边一掠而过，速度之快，令人咋舌。推饭组每天都是沿环线的固定线路，而泰森则从他们前面横穿过一片红叶石楠林，直奔教学楼前的广场去了。安迪预感不妙，在征得随行警官同意后，便一路追了过去。

跟着泰森前行的线路，安迪跑进广场，一下就被眼前发生的一幕骇住了：泰森果然是捕猎高手，它准确地逮住了猎物——一只黄色成年猫。庆幸的是，或许是因为稍慢了些，泰森只是咬住了黄猫的一条后腿，而这只黄猫正拼命地向前挣扎。就在安迪几乎脱口大吼时，奇迹发生了：突然，从一簇四季海棠里，杀出一只大花猫来。安迪定睛一看，竟然是安娜！只见安娜缩着身子，全身的毛奓起来，冲着泰森就是一阵狂叫，然后迅速爬到一棵树上去了，而安迪则边跑边吼直冲过去。泰森显然被这阵势吓住了，一下就松了口。

黄猫抓住时机脱身，直向教学楼边上狂奔而去。泰山死后，监狱发现教学楼旁的八角金盘树丛太密，里面藏污纳垢，存在安全隐患，就将树砍了，下水道盖板彻底亮了出来。黄猫冲到这里刚钻进下水道，泰森的血盆大口就抵在了下水道盖板间的裂缝上。

“黄猫幸运地逃过一劫，但我真不知道安娜为何要出手。”安迪最初在向我讲起这件事时，一脸茫然。他说，猫科动物中，只有狮子是群居动物。群居动物拥有部落首领，共同觅食、活动、迁徙，成员之间会共同抵御外敌，内部等级明显。猫不是群居动物，除了繁殖期会短暂地在一起，平时它们扎堆晒太阳、吃饭、舔毛，都是个体与个体之间的社交性接触，仅系松散的取暖小分队而已。它们之间没有等级观念，也不会团结起来对抗危险，安娜的援手相救，显然违背了常理。

渐被安迪所述吸引的我，提出了一种观点，即是不是因为在监狱封闭的环境里，猫的社会属性发生了变化？狮子群居的演化，就是因为它们需要围捕大型猎物，同时还要联手应对来自同属群居动物的斑鬣狗的威胁。监狱的野猫因环境封闭，又有狗群的长期威胁，是否也会慢慢演化，学会了共同御敌的群居生活？

关于这一点，安迪断然予以否定。他说，虽然监狱的环境有其特殊性，但远不足以改变猫的基本属性，即便是被称作首领的泰山，也并非猫界认可的社会组织领袖，仅仅是因为泰山强大，其他猫对其产生畏惧而造成的假象。不过，安迪还是给出了自己的判断。他认为，安娜那天突然出现在现场可能有其偶然性，即当时它正路过这里，本应是择路而逃，却选错方向，一下窜出来就暴露在了泰森面前。好在，泰森当时的目标并非它，而是黄猫。面对这种突发状况，安娜本能地借此虚张声势，是想腾出时间，伺机逃走。而且，从它后来迅速上树、并未对泰森发起攻击来看，安娜的本意绝不是想救黄猫，而只是寻找逃生之路。因为所有的猫都知道，猫会上树，而狗不会，民间就有“狗撵猫、猫上房”的说法。安娜这一连串本应是自救的举动，在客观上却解救了黄猫。

不过，安迪充分肯定了安娜的关键作用。他说，当时自己虽然跑到了广场上，其实离泰森还很远，若只是就这样吼几声，泰森未必会松口，甚至可能在他赶到之前，就已将黄猫咬死。对体型较大的泰森来讲，摁住黄猫后对准脖子咬上一口，可谓易如反掌。

“那只猫后来怎么样了？”我虽对安娜的仗义出手心怀钦佩，但更关心那只黄猫的现状。安迪停了一会儿，才叹了一口气说:“这只猫也是多灾多难，它就是当初被泰山咬掉半边耳朵的黄猫，它的名字叫梵高。”

## 梵高

姓名：梵高

性别：雄性

婚姻：未婚

关系：外来猫

子女：无

特征：全身黄色，缺半只耳朵

这是安迪记录的黄猫档案。黄猫因只有半只耳朵之故，被联想丰富的安迪取名为梵高。历史上的梵高是世界级的艺术大师，荷兰后印象派代表画家，其代表作《向日葵》可谓家喻户晓。梵高的左耳是在 1888 年 12 月的圣诞节被割的，而关于梵高的耳朵是怎么被割掉的，历史上有许多说法。有的说是梵高患了精神病，神志不清自己割的；有的说是因不堪弟弟结婚而自残；有的说是因与好友高更——即与塞尚、梵高合称“后印象派三杰”之一的法国著名画家——发生争执，一怒之下割掉了自己的耳朵；还有的说是妓女拉舍尔喜欢他的耳朵，而他又拿不出钱的缘故。而最新的理论是，几位德国历史学家在经过长达十年的研究后认为，梵高的耳朵不是自己割掉的，而系高更所为。他俩为了妓女拉舍尔大打出手，最后高更挥剑割下了梵高的左耳。随后，梵高将割下的耳朵送给了拉舍尔。换句话说，梵高是与高更争风吃醋而丢掉了耳朵。若这一研究成果是真实的，那安迪为黄猫取的这个名字，就再贴切不过了。

梵高是单身汉，是监狱唯一的一只黄色猫，而且还是唯一一只从外面进来的猫，它与监狱里的猫没有任何血缘关系。梵高进入监狱，是一个老掉牙的套路故事，监区几乎每个人都知道。

梵高原是一只流浪猫。一天清晨，监区有位警官上班，在监狱门口发现了它。当时梵高浑身脏兮兮的，正在垃圾桶旁觅食。警官手里正拿着刚买的牛奶、面包，觉得这猫挺可怜，就撕了一小片面包给它。看时间还早，警官就边吃面包，边看着它吃，还挤了一点牛奶喂它。吃完后，警官进监狱大门上班，竟发现这只猫跟着他进来了。警官想到监狱里本有一群猫，在征得领导同意后，就干脆把梵高带了进来。

作为一只外来猫，梵高一进入监狱猫界，就受到其他猫的敌视。据老牢友讲，梵高平时从不和监狱里的猫打堆，每次都是独

来独往，悄无声息。那时的梵高虽显得孤单，但性情温和，与猫界基本还能和平共处，直到发生那次断耳事件。梵高失去半边耳朵的故事一直在监区盛传。大致的过程是，梵高到监狱后，不太懂得监狱猫界的规矩。有一次，它竟然去调戏安娜，结果被泰山撞见了。气急败坏的泰山一路追杀，从监区里杀到监区外，随后就是一阵声震监狱的哀号声。

没有人亲眼看见它们厮杀的过程。过了几天，梵高再到监区来，大家就发现它的一只耳朵只剩半边了。“肯定是被泰山教训咬掉的。”牢友们据此得出结论。其实只有安迪知道，猫到了发情期寻找母猫交配，是天经地义的事情。只是梵高处在这样的特殊环境，加之运气不好被泰山发现，这才落得个耳残受辱的下场。随后，梵高又被泰森袭击，虽大难不死伤愈复出，但它的右后腿实际已被咬残，平时就拖着残腿走路。经历如此双重的跨界打击，直接导致梵高性情大变，孤僻冷漠，自私暴躁，它不仅喜欢争抢食物，还变得调皮捣蛋，渐渐成为监区一大祸害。最严重的一次，还激起了监区牢友们的公愤。

有一天中午，监区警官在犯人集合时通报事情，稍稍推迟了一会儿开饭的时间，这在平时是常有的事。当天的午餐有一道菜是肚子炖鸡，需由犯人自费购买，每月一次，在监狱里算得上是难得的佳肴了。但没想到，就耽搁这一小会儿，这天的营养大餐竟闹出事来。

监区开饭的程序是这样的：各监区的饭菜，先由监狱伙房做好，然后装进大铝桶里，再由各自的推饭组从伙房推回监区。推回来后，推饭组再将铝桶里的菜一一分到不锈钢碗里，每桌订了几份，就放几个碗在桌上，待犯人集合报数后开饭。在集合之前，安迪和组里的牢友就已将冒着热气的肚子炖鸡分好，放在了桌上，然后来到操场集合。当时警官正在讲话，场面十分安静，突然，食堂里传来一阵轻微的响动。当时在场的人都听到了，警官就叫推饭组的进去看一下。

安迪是和组长一起进去的。或许是他们匆匆的脚步声惊动了里面，当安迪第一个冲进去时，一眼就看见梵高正惊慌失措地从一张桌跳到另一张桌。安迪担心菜被偷吃，一个箭步上前想赶走梵高，孰料适得其反。只听得一阵乒乓乒乓的声音，先后有好几碗肚子炖鸡被慌不择路的梵高撞翻在地，而梵高则从窗户逃走了。

后来跟我说起这件事时，安迪还显得有些后怕。他说，当时他只觉得脑子里一片空白，心想这下糟了，这怎么向大伙儿交代啊！一份肚子炖鸡或许在外面不算什么，可这是在食物供应有限制的监狱啊，而且一个月才只有一次！

“你恐怕被骂惨了吧？”一想到梵高闯下的大祸，我就有些替安迪担心。“兄弟，岂止是骂哟！”安迪一脸苦相，又为我解释了一通。他说，监狱除了脱逃、打架这样的大事外，平时对犯人的日常管理，可以说都是些鸡毛蒜皮的小事，不外乎大家的吃喝拉撒，像这次事件，基本就算是非常大的事了。当时共打翻了六碗鸡汤，愤怒的牢友就把矛头直指推饭组和安迪。“其实，我也是有责任的。”安迪自我检讨，称经事后调查，梵高虽是从食堂的窗子偷偷进来的，但自己鲁莽的制止稍有些过激，反而加重了损失。此事惊动了监区，最后，由监区长亲自出面解决，并作出如下处理决定：

一、推饭组没有照看好桌上的饭菜，组里的八个人负责赔偿这六碗鸡汤。

二、安迪因平时喂猫而负有直接责任，赔偿其中两碗鸡汤的费用，并作检查。

三、今后分饭完毕，推饭组派一人在食堂留守，可不参加集合报数。

四、对猫停食一周，以示惩罚。

“那天中午，我们推饭组八个人刚好订了六份鸡汤，就全部拿出来赔给人家。而我呢，不仅没有吃到鸡汤，还要花四十大洋在下个月再订两份同样的菜，赔给组里的牢友。”安迪说起赔偿的事，虽有些牢骚但感觉还没那么在乎，但在说到对猫断粮时，他的声音起码提高了八度。安迪说，那天中午，一大群猫守在食堂外，眼睁睁地看着几大盆香喷喷的鸡骨头，全被倒进了垃圾桶。它们围着垃圾桶喵喵地叫，甚是可怜，安迪心里难受极了。“这是梵高惹的祸，这些猫又没有错，凭什么不让它们吃东西？”

“我知道你有意见，但监区这样处理肯定是为了平息大家的怨气。监区的管理首要考虑的是人，至于猫，当然是小事。”我如此安慰安迪，是希望他不必太较劲。安迪说，其实，他对监区的决定还是很理解的。在监狱，犯人的思想情绪非常重要，有时可能为了很小的事想不开，就会酿成大事。况且，这些老年犯又比较小气，说不定真有人会为了一碗汤做出什么事来。但他认为，若是监区只停喂食一两天，他肯定不会说什么，但一想到这些猫一周没吃的，他心里就憋得慌，像是很对不起它们似的。

安迪告诉我，他不能违反监区的决定，但又不忍心看着猫没有食物。于是，在接下来的一周里，他每天都想办法藏点吃的，趁警官不注意的时候偷偷放在丛林里。牢友们得到了赔偿，气早消了，看着猫挺可怜，大家便睁一只眼闭一只眼，这事就算过去了。只是梵高后来有好几天没出现，看来它是知道自己闯了祸，不敢来了。

初春的阳光温暖宜人，牢友们都盼着周日到来。

监狱犯人一周的作息时间是这样安排的：周一上午是亲人每月一次的探监日子，不出工，下午监区组织学习，周二至周六全天出工，周日休息一天。五监区虽是老年犯监区，但也有自己的劳动生产车间。若是有点文化水平的，还会参与监狱报刊、广播的编辑制作。其他人则需参加生产劳动，比如组装纸箱、修剪汽摩配件等。因系老年犯居多，一般劳动强度不高，任务也不重。

周日休息这天，上午就是大扫除，打扫监舍卫生、洗衣服、给家里写信等。下午，有人选择在阅览室读书，或是到娱乐室下棋。而大多数人则会去操场，或运动锻炼，或散步聊天，还有的人会泡上一杯茶，在操场边上闲坐，享受难得的春光。

安迪周日上午比较忙，除了做监舍清洁外，他还要参加食堂的清洁。做食堂清洁很累人，他们要把桌椅全搬出来，扫地、抹桌椅，最后再将桌椅搬回去。所以，安迪下午一般都选择在操场慢慢散步。这个星期天阳光很好，监区就允许大家把洗好的床单挂在操场的铁栅栏上晾晒，整个监区一片花花绿绿，煞是好看。三三两两的牢友，就坐在铁栅栏下的基台上，有人聊天，有人看书，更多的人则围着操场转圈，边走边聊。

安迪正与组里的牢友在操场散步，突然看见监区门口出现了一个小白点，原来是甘地夫人来了。小猫长到五个月，就可以离开母亲独自生活了。算起来，甘地夫人刚过五个月，就自己出来玩了。靠近大门口坐着一名老年犯，正喝着茶，看见甘地夫人怯生生地进来，乖乖地望着他，感觉心有不忍，就在自己口袋里摸了摸，结果摸出几颗花生来。他剥开花生壳，将花生丢在甘地夫人面前。甘地夫人还是只小猫，见有东西扔过来，先是一惊就往后跳，待看清是吃的东西后，才慢慢向花生靠近。

就在这时，拖着残腿的梵高不知从什么地方猛冲进来。它先是用肢体动作吓退甘地夫人，旋即再扑到花生面前，毫不客气地吃起来。老年犯一见，就挥手去赶，可梵高只是侧侧身，根本不理，一边大口吃着，一边还不时抬头向他瞄上两眼，气得老年犯一下就站了起来。

看到眼前的这一幕，安迪忍俊不禁。这名老年犯与他住同一楼层，绰号“大汉”，来监狱已有些年头了，是个老犯。安迪拉拉一道走的牢友，说这个梵高真是太调皮了，不吸取之前的教训，还去抢一个小姑娘的食物，看大汉怎么收拾它。然而，接下来发生的事，则让安迪再也笑不出来，直到此事过了很久，还痛心不已。

当时，安迪看到大汉气得站起来，满以为他是去赶梵高走的。但没想到，大汉竟然猛地举起手中的杯子，冲着梵高一下就泼过去。霎时，一阵极度痛苦的嚎叫声在监区的上空蔓延开来。伴随一声接一声的惨叫，梵高开始急速地在地上打滚，滚得非常快，安迪简直无法形容，站在原地一动不动，感觉胃里都在翻腾。他并不知道，大汉杯里是刚掺的开水，但从梵高过度反应的情形来看，显然是痛苦之极。

梵高一直滚到操场中间，速度才慢了下来。直到它能够勉强站立起来时，才忽地加快速度向监区里面冲。刚冲几步，梵高可能发现方向不对，才又回头往外跑，几乎是眨眼之间就消失在监区之外。大汉显然也被吓住了，铁青着脸，怔怔地站在那里发呆。

“梵高被烫伤一事，当时并未引起大家的重视。”安迪告诉我。梵高的惨叫声把在二楼值班的警官引了下来，警官问了问情况，说了大汉几句就算了。安迪事后还听到大家的议论，只是觉得大汉有点过分，但谁也没在意。直到梵高再次出现在大家的视野里时，此事才再度成为监区的话题。梵高的右眼被烫瞎了，而且脸上多了许多块状白斑，这是烫伤留下的痕迹。而大汉在大家的指指点点下，很长一段时间里都有点抬不起头来。

我对此事多少有点疑惑：“老年人一般心态都较平和，又是在监狱这样特殊的环境，这位老兄怎么出手如此之重？”没想到，安迪给出了一个意外的答案，他告诉我说，大汉上次的肚子炖鸡就是被梵高打翻的。他一定很讨厌梵高，加之对其夺食的行为极为不满，当时才会用开水泼它。

围绕大汉的这次发作，安迪讲到了犯人的心态。他说，在监狱这样的封闭环境，剥夺人身自由，严格行为管制，强迫学习劳动，心理受到压抑，需求得不到满足，许多人心理上其实已有缺陷。而且无论你愿意与否，都得和一群人在一起生活、劳动。这些人当中有你喜欢的，也有你不喜欢的。因此，人的性格就会随之发生变化，焦虑、抑郁，愤怒、失望，怨恨、自卑，固执、自私，好斗、冷漠，什么样的怪象都有，有时这些负面情绪得不到安抚，就会通过其他渠道发泄出来，大汉就属于这种情况。

安迪的分析，让我第一次接触到高墙内的人的内心世界。虽然我还不能完全做到换位思考，去充分理解他们的思想和行为，但有一点可以肯定，一个人长期压抑的负面情绪，若是缺少正常的发泄渠道和自我的调节能力，就极有可能通过某种方式爆发出来。大汉一报还一报，与梵高斗上了，着实让人有些心寒。

缺耳、断腿、瞎眼、白斑，梵高俨然已成为监狱猫界的一大怪物。经历这次事件后，梵高变得越发狂躁、暴戾，它不仅对人警惕、敌视，对同类一样无情、无礼，每次开饭，它都变本加厉地与其他猫抢食。梵高的疯狂举动，最后差点要了它的命。

除了猪肉，鱼也是犯人在监狱经常吃的一种食物，每月起码要吃几次鱼，有草鱼、白鲢、鲫鱼、鲇鱼、棒棒鱼，品种繁多。因此，鱼骨、鱼刺也成了猫们的主要食物。每次鱼宴开始，猫们都是大吃豪吃，梵高更是毫不客气，吃得又多又快，结果终于吃出事来。

梵高被鱼骨卡住的事，当时谁也不知道。有那么几天，一直没看到梵高来监区，安迪还担心，梵高是不是因为瞎了眼被泰森干掉了。他去问花木组的牢友，大家都说没看见，还跟安迪开玩笑，说它可能和母猫欢喜去了。直到三天以后谜底才揭晓，梵高是被鱼骨卡住了。

那天，安迪洗完碗后，就去收拾放在丛林里的菜盆。他刚要去拿，猛然被窜出来的梵高吓呆了，一声惊叫根本没经过大脑，啊的一声，张口就出。几天没见，梵高完全变了形，它的面部充血肿胀，两只眼向外突出，嘴不能闭合，一直微微张着。口水沿着嘴边的各个缝隙，一直往下流，模样极像科莫多巨蜥。梵高凄厉地惨叫，却发不出什么声音。样子很凶，极其恐怖，简直跟鬼没什么区别。

起初，安迪并不知道是怎么回事。他想靠近梵高，梵高则左避右躲，坚决不准他挨近。安迪反复与它周旋，最后才发现，有根粗大的鱼刺顶在了它的上腭，致使它的嘴不能合上，而且似乎已严重感染发炎了。

梵高的悲惨遭遇让安迪下决心要救它。但怎么救呢？野猫灵活敏捷，一般人很难捉住它们。安迪和组长商量后，决定到花木组的工具房找一箩筐来，准备用箩筐把它罩住，给它取刺。安迪和组长在给警官报告时，大汉正好在场。此时已是午休时间，安迪提出需要多几个人手帮忙，警官当时没多想，就叫大汉一起去，帮助一起捉住梵高。

接下来，就是一出围捕的大戏。梵高因遭多难，十分多疑，躲在林子里一直不出来。推饭组的人分成两组，一组从里面向外面赶，一组在外面形成合围之势。然而，箩筐只有一个，谁来投掷箩筐就成了事关此事成败的关键。

“听你这么一说，我都能猜出是谁来投了！”那次帮教，我听完安迪的叙述，一点没有卖关子，直接就猜出了答案：一定是大汉！安迪哈哈一笑，算是肯定了我的猜测。安迪说，这是大汉毛遂自荐的结果。想当初，他一杯茶水让梵高付出了一只眼的惨重代价，而他本人也遭到了大家的指责。而今若能将功补过，将是他挽回名声的大好机会，任何人可能都会这样想。

后来回想起安迪给我讲的围猎经过，一直觉得非常有趣。他们有八九个人，可以说是将花台团团围住，只将原来放盆子的缝隙留了个口子。大汉则守在那个口子前面，高举着箩筐，做出随时准备投掷的姿势。经不住四面八方的恐吓，梵高终于忍耐不住，猛地从口子处窜了出来。梵高尽管残了一条腿，但仍然灵活无比，它窜出的速度几乎可以用闪电来形容。不过，志在必得的大汉，就像当初他泼茶水一样准确，投出去的箩筐正好兜头将梵高罩了个严严实实。

安迪说起这次围捕之事，一直在替梵高代言。其一，梵高喜欢吃鱼不是它的错，而且也不是它的专利。安迪解释说，猫是夜行动物，为了在夜间能看清东西，体内需要补充大量的牛磺酸。而老鼠和鱼就富含牛磺酸，故此，猫喜食鱼和老鼠，不完全是冲着腥味去的，而是因为自己的需要才吃。猫作为鼠类的天敌，可以有效减少鼠类对农作物的损害，由猫的字形“苗”，可见猫与农业的密切关系。其二，梵高因此发怒也是可以理解的。安迪说，

站在梵高的角度，它当时一定是恼羞成怒，肯定觉得自己都够惨的了，在最需要帮助的时候，你们这么大一群人还要来捉我。说到这里，安迪就忍不住扑哧一笑，他说，这就是人与动物的差别，思想决定着看世界的高度。

关于梵高被捉一事，安迪特作说明。他说，以梵高的聪明和敏捷，本来要捉住它是很难的。但是，它毕竟断了一条腿，而且还瞎了一只眼。安迪解释说，他平时很注意猫走路的动作，大多数猫在行进时都会左顾右盼，以观察周围的情况。尽管猫走路并不完全依靠眼睛，它们的胡须可以感知，而猫爪上的肉垫也可以导航，但缺眼断腿，终究还是降低了梵高的综合判断能力，围捕才会一举成功。

安迪接着讲了施救的过程。梵高被捉住后，牢友在食堂找了个不锈钢夹子，两人将梵高按在地上，其中一人把夹子伸进梵高的嘴里，替它拔刺。等到鱼刺拔出来后，大家才发现，这不是一根鱼刺，而是鱼脑里的一片鱼骨，又长又尖又硬，难怪梵高奈何它不得。鱼骨刺穿梵高的上腭，伤口发炎严重。安迪说，他从头至尾都在观察梵高的反应。在刺没拔出来之前，梵高一直在拼命挣扎。刺刚一拔出来，它马上就变乖了，眼神也变得温和起来。

“这是我第一次与梵高亲密接触，或者说是与监狱里的猫亲密接触。”安迪说。他摸了摸梵高的残腿，发现腿完全断了，只是靠皮连在身上。梵高的瞎眼紧闭着，脸上的烫伤也已痊愈，半只耳朵竟像是又长了一点，没有原来那么残了。

安迪特别向我提起，当时大汉特意过来，摸了摸梵高的头就走开了。在这种时候，他可能不知道该说些什么，但他的行动已证明了一切。接下来，每个牢友都过来摸了摸梵高的头，然后大家慢慢松手，眼看着梵高在地上一个激灵翻身跃起，唰唰地就远去了。

“真没想到，梵高一生会经历这么多苦难！”这几次帮教与安迪交流，梵高成了我们谈论的主角，而且我相当同情它的遭遇，就询问后来情况如何。安迪告诉我，动物自身的痊愈能力很强，梵高总体恢复得还不错，吃东西没问题，但因鱼骨卡嘴时间较长，炎症严重，应该伤到了神经，伤愈后它左边的嘴角有些变形，感觉就像面瘫一样，嘴不能完全合上，一天口水不断，样子比过去更难看了。

安迪说，他对这种事情的发生感到很无奈。他一再强调，无论自己想花多少精力来照顾这些猫，可能都是白搭。一方面它们是野猫，与家里养的宠物猫完全是两回事；另一方面这是监狱，犯人的安全是第一位的，不可能将猫放在同等位置上。同时，猫界一直有着自身的生存发展规律，许多事情根本不是人类所能左右的。不过，安迪对梵高的倔强与顽强，给予了极高的评价。他说，他完全没想到，梵高在遭遇了这么多的打击之后，生命力仍然非常旺盛，这不能不让人感到欣慰。

在接下来的一年多时间里，我每次去监狱帮教，安迪几乎都会提到梵高。他告诉我，不管是炎热的夏天，还是寒冷的冬天，梵高都表现出了非常惊人的适应能力。但遗憾的是，或因残疾之故，梵高一直没能当上父亲。猫界不断添丁生子，几乎都是麻猫和花猫的天下，在古代作为帝王象征的黄色，在这里却难觅踪影。“现在春天到了，一切都要看它自己的造化了。”安迪最后说。

每年的 4 月 23 日是世界读书日，新华书店都会来监狱开展图书展销活动，地点就设在三监区的食堂。三监区底楼的食堂很大，旁边还配有厕所，监狱有些规模较大的室内活动就经常安排在这里举办。

当天，五监区的犯人被分成几批，前去选书购书，安迪分在第二批。安迪喜欢哲学和西方文学，就选了几本，正准备去登记，一个牢友急匆匆过来：“安迪，快去厕所！”安迪不明就里，但知道肯定发生了什么事，就把书往桌上一搁，跟着牢友去了厕所。一进厕所，牢友什么也没说，就拉着他直往便池边的窗前奔去。窗前还围着几个人，正伸长脖子向外看。待安迪插空举目望去，结果发现在外环道上，有几只猫正在打得不亦乐乎。

监狱正门进来是一条中轴线，教学楼及广场居中，生产区靠后，两旁则是相对的五个监区。监狱共有两个环道，内环道拱卫着教学楼和广场，连接五大监区，系监狱的主干道，而外环道则紧贴令人生畏的高墙，在五个监区背面。外环道沿各监区的墙角，种着一排低矮的灌木丛，除了偶尔有组织地派犯人去除草外，平时那里人烟稀少，是野猫出没最为频繁的地方，安迪看见的这次打斗，就发生在三监区的外环道上。

安迪只粗粗地看了看，就看出了端倪：这次猫界的群架颇似斗地主，二打一。这个“二”安迪都认识，一只花猫和一只麻猫，是安娜的两个兄弟，这个“一”就是梵高。打斗先是在灌木丛边上，后来越打越激烈，直接就打到环道中间去了。安娜两兄弟个头都比梵高大，而且身强力壮，相对可领残疾证的梵高而言，赢得这场战斗似乎是迟早的事。然而，看起来几乎无还手之力的梵高，在安迪眼里却有一股不服输的韧劲，扑腾、躲闪，威慑、死缠，感觉两只大猫并没占到多大便宜。不过，终究是二打一，终究是身有残疾，在众人的眼里，梵高完全处于下风，最后则是落荒而逃。

这次打斗持续时间很短，在窗前的众人也是爱莫能助，甚至因为是书展需要安静之故，他们连大声喊叫制止都不行。待大家散去后，刚才那个牢友还一个劲儿地问安迪，它们为什么打架？其实，这正是令安迪感到迷惑的地方。按理说，猫界打架本系寻常之事，可能是为了争食，也可能就是一言不合，甚至有时是为了玩耍。但两只猫与一只猫这样大打出手，就有些不寻常了，这至少说明，梵高在什么事上同时得罪了两位老大。

在警官带他们回监区的路上，安迪一直在琢磨这个问题。这天春光明媚，满园都是春的气息，就在他们走过中央广场时，那从树林缝隙里忽闪忽闪出来的阳光，一下让安迪在瞬间开了窍：啊，一定是这样！一定是因为“春”的缘故！

像是为了感谢那个牢友的提醒，安迪一把拉过他，给他讲述了自己对猫打群架的看法。他告诉牢友，猫不是群居动物，猫界平时的争斗一般仅限于争夺领地或抢食，且大多是一对一的单挑。猫只有在争夺交配权时，才会发生规模较大的战斗。刚才那场二对一的群架，很有可能就是为了爱情。牢友听后不住地咋舌：“原来是这样，怪不得打得那么凶！不过看刚才的情形，梵高恐怕只能当单身汉了！”梵高在监区名气相当大，几乎人人都能叫出它的名字。正是牢友的这一猜测，让安迪不觉心里一沉：其实，他一直惦记着梵高是否受伤，只是刚才当着那么多牢友的面，不好表现出来罢了。

几天后，事情有了分晓。当梵高再次回到五监区时，其他人都没看出什么，只有细心的安迪发现，梵高的尾巴似乎短了一截。安迪认定，这当是那次打群架造成的后果。猫的尾巴能感知温度和气流的变化，行进跳跃时，充当身体平衡的调节器，而且还能在社交活动中进行肢体交流。梵高失去一截尾巴，无疑是再添新伤，着实让人感到痛心。然而，令安迪万万没想到的是，此事竟还另有令人大跌眼镜的结果。那天中午，当安娜的那俩兄弟来到监区时，安迪差点笑掉大牙：花猫的嘴唇肿得老高，基本可以肯定今后是个缺嘴；那只麻猫的脸上，竟被扯下一大块皮毛，形成碗口大的一块伤疤，大概下半辈子就是个刀疤脸了。

呵呵，这是什么造型啊？难道还有更凶的猫现身吗，或是它们兄弟相残，要不就是被泰森教训了？安迪把前后的事情想了个遍，最终还是想到了梵高。是的，一定是梵高！它以超出自己身体的极限能力，狠狠地回击了这两大情敌。

真是难以想象啊！动物的丛林法则历来就是胜者为王、败者为寇。梵高虽然付出了一小截尾巴的代价，但也使两个老家伙受到重创，说不定，它不仅赢得了某个姑娘的芳心，还赢得了这场事关谁会有下一代的战斗。

五月后的连续两个月，我因业务上的事去了一趟英国，就没有去看安迪。等到七月回来去监狱帮教时，安迪摆出一副让我选择的口气说："有一个好消息，有一个坏消息，想先听哪一个？"我从安迪脸上看不出什么表情，就说先听坏消息吧，好消息留在后面再讲。

说实话，在安迪没说出之前，我就有种预感，感觉坏消息可能与梵高有关。果然，安迪告诉我，在那次断尾事件发生不久，梵高突然消失了，直到我这次来帮教，整整两个多月过去了，梵高依然杳无音信。

梵高失踪了？我当时差点跳起来：我们谈论了一年多的梵高不见了？历史上的梵高因不堪精神崩溃而自杀，现实中的梵高总不会因遭受磨难而自杀吧？况且监狱就只有这么大，只要不是下水道，其他任何地方都不可能让一只猫彻底消失。“会不会是梵高自己跑出监狱了呢？”回想起当初看见泰山搭便车越狱的情形，安迪觉得这种可能性不是没有。不过，依他对梵高的了解，他认为梵高出去的可能性很小，梵高没有泰山机灵、凶猛，要让它趴在货车下面出去，安迪觉得梵高没这种智商，否则早就走了。

猛地，我想到了一种可能性：“是不是那两只大猫干的？它们联手报复找梵高，然后将它置于死地，再拖入下水道藏匿。甚至还有种可能，那就是干脆把梵高吃了！猫本就是肉食动物啊！”说实话，我从来都没听说过猫会吃猫，现在竟然可以编个故事出来，感觉自己似乎完全进入了角色。岂料安迪还非常认真，解释说猫基本不会去吃同类。至于我说的藏匿一事，那更是把猫当成了人类，只适合写成给孩子看的童话。不过，了解监狱情况的安迪分析，还有一种可能，那就是梵高被当作垃圾运走了。他说，监狱的垃圾站在三监区生产车间后面的环道边上。垃圾站是一座两层楼高的建筑，垃圾从上面倒下去，垃圾车从下面将垃圾运走。监狱的猫经常在那儿寻找吃的，若碰上运气不好，就有可能会被倾倒下来的垃圾活埋，据说以前就发生过这种事情。安迪认为，梵高完全有可能在觅食时发生意外，死在了垃圾堆里，然后和垃圾一起被运出了监狱。

我和安迪设想了若干种可能，但还是没有一丝头绪。“泰山过去再神出鬼没，也从来没有一个月不露面。而今梵高失踪两个多月，而且还是这样一只残疾猫，其生还的可能性几乎为零。当然，这些都是我们的猜测，只要梵高不出现，这个谜就永远解不开了！不过，梵高在监狱遭了这么多的罪，无论是跑出监狱或是真的解脱了，都未必是坏事。”安迪说到这里，神情黯然，不住地摇头。

我很理解安迪的心情，猫就算再残疾，毕竟也是一条生命。如今梵高就这样莫名其妙地消失了，安迪自然觉得不好受，现在该轮到我来调节现场气氛了:“那你说的好消息是什么？哦，对了，上次梵高打群架，到底是怎么回事？”

安迪的烟瘾很大，我每次去都会想办法给他带几包好烟，而我们这样的交流，烟就是最好的伴侣，特别是在说到兴头上的时候。这次安迪也一样，一根接一根地抽，而且一说就刹不住车，几乎把这次帮教的时间全部用完。

安迪首先谈起梵高断尾一事。他说，那次事件后，他就一直怀疑，梵高是在与猫争夺交配权。春天是猫发情的季节，梵高能与两只猫同时结下梁子，肯定与交配有关，这是成年猫之间的爱情游戏。猫没有社会组织，任何猫都不会屈从于谁，就像当初梵高敢于调戏安娜一样。但是，没有组织约束，并不意味着你就可以自由恋爱，一切得凭本事说话，这同样像当初梵高没有得到安娜一样。安迪估计，梵高追求的对象，一定也是那两只猫的所爱，相互之间为争夺配偶，战斗就难以避免。安迪强调，梵高虽是残疾猫，只要性功能没丧失，它就有与母猫交配的愿望，这是由猫体内的激素决定的，与它残疾无关，更与它丑陋无关。

接着，安迪为我详细讲解了公猫争夺交配权的情况。他说，猫发情时，公猫母猫都会发出求偶的信号，民间俗称“猫叫春”，这跟平时的猫叫有些不同，声音略低而悠长，这样传得更远。相比之下，母猫比公猫的叫法更具诱惑力。一般来说，母猫的叫声都会吸引附近的公猫，若是同时有好几只公猫听见，那么，在交配前，公猫们就会有一番搏杀。若是恰好母猫也在现场，它就会在一旁静静观看。狭路相逢勇者胜，最终获胜的一方，将获得与母猫交配的权利。而家猫的交配，则是另一番景象。两只公母家猫见面，颇似人类的相亲，人们会将它们养在一起建立感情。事实上，这种拉郎配的做法，初期往往会演变成为一场争夺“领地”的战争，直到这些问题都解决好了，它们才会交配。

安迪说，他对此事件的预判很准确，但直到六月中旬有只母猫怀孕，才证实了安迪的推断。当时这只母猫的肚子大起来了，到了六月下旬，母猫的肚皮几乎要贴着地面了，这是猫快要生了的标志。若把这个时间倒推回去，发生在四月下旬的那场打斗，表明了就是猫界的一场夺情之战。说到这里，安迪神秘兮兮地问道："你一定想知道母猫是谁吧？我现在就告诉你，怀孕的母猫是甘地夫人，而它的丈夫就是梵高。"说实话，当安迪告诉我是甘地夫人时，我几乎惊讶得说不出话来。去年还是个小姑娘的甘地夫人，如今竟然成了母亲，这种转变的冲击之大，让我们这些需要成长一二十年才能生育的人类，一时间无法回过神来。

其实，关于甘地夫人肚里的孩子到底是谁的，安迪直言，当初他与牢友们的意见是有分歧的。大多数人认为，甘地夫人怀上的肯定是其他猫的后代，梵高想与甘地夫人结合，几乎可以说是天方夜谭。但是，一向善于观察的安迪，则认为甘地夫人怀上梵高后代的可能性更大。他从梵高一斗二的结果来看，那两只猫显然已输了阵势，说不定甘地夫人当时还在场，而且一定看到了最后的结果，才心甘情愿地与梵高结合。"当然，这一切都是我的猜测，事实的真相到底如何，恐怕谁也说不清楚。不过，美国诗人布考斯基说过一句话，我认为是至理名言，即'猫的哲学就是，一切自有安排'。"

另有牢友认为，梵高抢过甘地夫人的食物，它俩怎么可能又成为夫妻。安迪说起来都禁不住想笑，他说，越聪明的动物越有可能记仇，这是因为它们拥有长久的记忆。猫是没有完全被人类驯化的动物，远没有达到相当聪明的程度，它们不会记仇，只会有短暂的条件反射的报复行为。基于大脑的复杂性，猫界所谓的"记仇"，其实只能维持几天，而所谓的报复，不过就是乱拉屎之类的撒野小技，过不了多久就全忘了。所以说，梵高当初争抢甘地夫人的花生一事，于甘地夫人而言，这件事早就忘到爪哇岛去了，它根本不可能还会记恨梵高。至于梵高的丑陋、残疾乃至粗暴，于动物而言，根本就不是个事，这都是人类替动物代言的自作聪明。

“你怎么这么肯定这些孩子是梵高的？”我是实实在在地替梵高感到高兴，一时没想清这个问题其实简单之至。开心的安迪正乐得我有此一问，他甚至不等我把话说完，就赶紧一吐为快：“我刚才不是说过‘一切自有安排’吗？！因为甘地夫人生下的三只小猫，全都是黄色的！”

# 甘地夫人

梵高是黄猫，甘地夫人是黑白花猫，但甘地夫人生下的三只小猫，都继承了梵高的高贵血统，两只黄色，一只黄白色，可爱极了。然而，颇令安迪失望的是，这些都不是他亲眼所见，而是别人转述的。

甘地夫人是一只非常胆小的猫，非常非常谨慎。自从它生下小猫后，几乎没人知道它在哪儿安家，唯一的一次全家露面，是在广场边的栀子花丛里，是被花木组的牢友撞见的。牢友说，可能是甘地夫人正在搬家。

甘地夫人每天中午都准时来监区吃饭，从不和其他猫争抢，只是安静地慢慢吃。每次吃完，甘地夫人都是第一个离开，而且几乎都是一路小跑。只有安迪明白，它这是赶回去，照顾自己的小宝宝去了。直到一个多月后，甘地夫人才第一次带着自己的孩子，出现在监区的操场上。由于甘地夫人一家出众的黄色，在监区牢友中引起不小的轰动。那天，三只奶黄色的小崽整整齐齐地出现，萌萌的，非常打眼。它们穿行在母亲身边，寸步不离，尤其是那只黄白猫非常活跃，特别可爱。

那天中午的午餐，是监狱提供的粉蒸排骨。安迪收拾了一大盆骨头，洗后放在林子里，又特地用小盆装了点，放在林子下的空地上。甘地夫人像是明白安迪的好意一般，就带着自己的孩子在小盆边上吃。安迪苦心的安排没有白费，三只小猫的嘴，刚好能够着地上的小盆，它们从盆里拖出一块块小骨头，就慢慢地在骨头上舔着吃，模样儿乖极了。看着三只小猫吃得津津有味，安迪也是心满意足，直到把碗洗完要回监舍，都还有点依依不舍。

两个月后，三只小猫长大了，性格像甘地夫人一样，胆小得很，只要看见人就远远地躲到一边，你一动它就跑，感觉它们一定要与你保持安全的距离。这样虽然让安迪觉得有些扫兴，但直觉告诉他，在监狱里保持这份警惕是对的。所有牢友都非常喜欢甘地夫人一家，而最喜欢它们的，则是与梵高有着特殊渊源的大汉。每次中午甘地夫人一家来监区，大汉都会从自己碗里夹点肉或鱼去喂它们。其他牢友对此都心照不宣，知道他这是在为自己赎罪。

没过多久，大汉要出狱了。出狱的头天晚上，他按惯例在监舍组织了一场告别晚会。五监区的牢友有个约定俗成的规矩，就是不管谁出狱，都会提前买好香烟、食品和饮料，在走的前一天，来一场激情四射的“晚会”。若是某人家里困难，大家还会凑份子买点东西，为他办一场热闹的欢送晚会。

晚会一般在放风结束之后举行。每个监舍共有四张上下铺的铁床，可住八人，因系老年犯多，一般只住六人。出狱的监舍牢友会将下铺床下的六个整理箱全搬出来，在监舍四床之间摆成长龙阵形状，上面则堆满琳琅满目的袋装食物。楼上楼下的监舍或派代表或全体成员一起前来庆贺。那时管理宽松，大家在一起以可乐当酒，划拳行令，整个晚上这里是人进人出，非常闹热[1]。有些讲究的舍房，还会专门安排人在门口迎候。

那天晚上，大汉准备的东西相当丰富，买了一大堆牛肉干、猪蹄子、葡萄干、银鳕鱼丝、大白兔奶糖等，他甚至还通过家人带进来两条中华香烟。监舍人头涌动，烟雾袅绕，大家在一起聊聊天，给予祝福，甚至还相互传授出狱那天的种种忌讳，而这些稀奇古怪的规矩都是老犯传下来的“葵花宝典”：走出监狱大门之前不要回头，意思是永不再来；出狱后要吃鸡蛋，叫作“滚蛋”；出门后要换鞋换衣，意谓重新出发；烧点纸跨过去，意谓过了火山，前途平坦；车上要拴红布条，是为辟邪；在外要过一夜才回家，勿将晦气带回……诸如此类，结果引得大家哈哈大笑，一个劲儿地拿大汉来开玩笑。聚会一直持续到九点收舍。收舍后，其

[1] 吴语等一些南方方言区的词汇，相当于普通话的热闹。

他楼层的牢友就回去休息了，同一层楼的，还可以继续在这里边吃边聊，直到关灯就寝。

那天晚上，同在二楼的大汉与安迪聊到很晚。聊到最后，自然而然提到了用茶水泼梵高的事情。大汉告诉安迪，自己一生虽然也犯了不少的错，但最后悔的就是伤害梵高这件事。这是大汉第一次正式向安迪讲述此事背后的故事。他告诉安迪，过去他用的保温杯不怎么保温，直到那个周日上午，他的一个老同事来看望他，给他带了一个新保温杯。当天下午他去操场时，便用上了这个新杯子。当时，他把花生丢给了甘地夫人，就拧开保温杯的盖子准备喝水。后来梵高前来捣蛋，他一气之下将茶水泼出去，完全没想到，新保温杯的茶水会那么烫，而且还泼了个正着。他说，在看到梵高头上冒出一缕热气时，他马上就后悔了。

“是不是因为鸡汤的事，而对梵高有所不满？”正是因为大汉要出狱了，安迪才敢直接提出这个问题。大汉听了脸有些红，支吾了一下才回答：“没有没有，我那天生气，主要是看不惯它欺负人。”安迪很会调整自己的待人方式。他在提出这个敏感问题后，立马就对大汉宽慰有加，说梵高虽然失踪了，但它的后代延续了它的生命，而在为梵高取鱼刺这件事上，他算是立下了头功，不必再为此而内疚。

当天晚上，他们一直聊到十点关灯，安迪还说了许多祝福的话。第二天一早，大汉换上准备出狱的便服，与楼层的牢友一一告别。在与安迪话别时，他悄悄告诉安迪，自己床下有点东西，在他走后可以去拿。

在监狱里，有一条不成文的惯例：除了书籍、信件外，出狱时不带走随身物品。因此，出狱的人在走之前，都会处理掉自己所有的东西。不过，你视如草芥的东西，在别人眼里都是宝贝。床上的被盖、毯子、枕头、凉席，身上穿的囚服、毛衣，打球的球衣球裤，吃饭用的餐具、保温桶等，都可以送人，安迪当时想到的，就是这些东西。

目送大汉远去的身影，安迪心情复杂。监区每月大概要出狱几个，每次有人走时，安迪都很淡定，唯独这次大汉出狱，安迪感觉心里有点空荡荡的。虽说这老头平时很倔，脾气也有些古怪，但现在回想起来，才发现大汉在喂猫这件事上，其实给予了他极大的帮助。有段时间，大汉吃完饭后还主动帮他一起收拾桌上的饭菜。因此，安迪以为大汉是要把什么好东西留给自己。

带着一丝落寞，安迪在上午做完清洁后就去了大汉的监舍。大汉住在下铺，现在已是木板一块，空荡荡的，床下只有他的整理箱。去拉整理箱时，安迪发现箱子沉甸甸的。在监狱，什么东西放什么地方，都有明确规定。衣服必须放在铁皮柜里，床下的整理箱则只能放食品。安迪非常纳闷，人都已经走了，怎么还会留下这么多吃的东西？若说是送给自己的，也不可能有这么多呀！安迪拉出整理箱，打开盖子。整理箱里的食品从中分成两边，一边是码得整整齐齐的盒装牛奶，一边是装得满满当当的火腿肠。最上面放着一个信封，写有安迪的名字。安迪将它打开，里面是大汉写给安迪的一封信：

安迪：

你好！

首先感谢这些年来你对我的照顾和宽容。我因过失杀人，入狱已有些年头了。在监狱里，许多人不理睬我，是因为我个性要强，从不知道妥协；而许多人又巴结我，是因为我有一个好家庭，能够给我提供稍稍宽裕的狱中生活。这些年来，我一直在深深地忏悔，因为我的一时冲动，毁了家庭，也毁了自己的后半生。

现在，我还要在你这里，再做一次深深的忏悔。我对不起梵高，一只孤独而顽强的黄猫。很抱歉，我实在没勇气在你面前承认错误，昨天晚上我没对你说实话。真实的情况是，当初它偷吃鸡汤时，我就一直心怀不满，曾发誓若撞在我的手里，一定要还以颜色。对不起，这就是我的个性，一报还一报。我之所以走到今天，就是这该死的报复心理害的。

现在我明白了，梵高只是一只猫，它的一切行为都是为了生存。事实上，我们本就是同在一起求生存、共患难。虽然它是动物，但生命于我们而言，都是一样的。我后悔不该冲动，不该用极端的方式，使它失去了一只眼睛。

我出去后，第一件事就是养一只猫。我要把它带大，让它儿孙满堂。我会盛一碗鸡汤让它独自享受。我要竭力保护它，不让它受到任何伤害。我要把在监狱里不能办到的事，都在它身上办到。我会用我的行动，赎回我过去犯下的罪过。

我买了些牛奶和火腿肠，权当是我送给甘地夫人一家的礼物。整理箱留给你，若你不需要可送给他人。还有一件重要的事情要拜托你，那就是请照顾好甘地夫人一家，以及里面所有的猫。它们在里面陪伴我们度过艰难的日子，我们应当善待它们，谢谢它们！

还有，感谢你为这些猫付出的努力。你所做的一切，我都看在眼里。我坚信，善待动物的人都是善良的人，你就是我见过最有爱心的人，很可惜我不在此列。谢谢你教会我这一切，这是我在狱中最大的收获，相信这将会伴我度过余生。

期待你早日出狱，届时来看看我养的猫。

大汉

这封信，或许安迪已看过无数遍了，那天他在向我复述时，基本上是不动声色，只是做了一点说明。安迪说，那天晚上，大汉确实没说实话，信中有一段话“很抱歉，我实在没勇气在你面前承认错误，昨天晚上我没对你说实话……就是这该死的报复心理害的”，就是他那天晚上回去后才加上去的，写在了信纸的边上。从这里可以看出，他其实对梵高早已恨之入骨。尽管如此，我还是很理解大汉的心境，他的信写得朴实情真，尤其是他最后的醒悟，让我颇受感动。突然，我想到一点，忙问安迪：“你这个难友看来还有些文化，他是干什么的？在这里待了多久啊？”

安迪偏着头看了我一眼，那神情像是在说，我说出来你一定会吓一跳：“是个教师，在这儿待了十四年。当年他为了报复失手杀人，被判了无期，减刑后实际坐了十四年的牢。”安迪的回答果然吓了我一大跳：天啊，竟是个老师，十四年！我简直难以想象，一个有知识有文化的人在这里待十四年是个什么概念，直到安迪的声音又钻进我的耳里：“大汉本来该去重刑犯监狱，但他身体不好，又是教书的，因监狱离他家较近，经申请才到了这儿。大汉入狱时才四十多岁，身材高大，看起来很结实，所以大家都叫他大汉。其实，他是虚有其表，血压、血糖、血脂什么的都高得很，吃什么东西都很注意，现在出狱已是六十出头了。”

“这么长的时间，还能这样健健康康地出来，真是不容易啊！”在安迪第一次向我讲述梵高的遭遇时，我当时是恨透了这个坏老头，总觉得他怎么这么心狠，竟然对一只猫下这样的毒手。可当我现在听到他的遭遇时，已是情不自禁心生同情，试想，有多少人能扛过这十四年啊！安迪似乎知道我在想着什么，就说："在这里待了这么多年，这个难友脾气不好完全可以理解，那次泼水事件，当是他这些年来的一次情绪总爆发。我曾设想，如果不出这件事，早晚会有别的事发生。好在此事没影响到他出狱，反而促使他明白了生命的意义。"

关于甘地夫人一家的现状，安迪告诉我，其他都好，就是有点担心甘地夫人的性格，现在看来，当初为甘地夫人取的这个名字，简直是白取了。安迪说，现实生活中的甘地夫人，恰恰是最胆小的一只猫，或许是因为秃头之故，甘地夫人的标签就是自卑、胆小。为此，安迪还开玩笑地说，他都想给它改名为梵高夫人了。

"它这样小心不是很好吗？难道要它放松警惕，任狗欺负？"我对安迪的担心感到不解。对此，安迪解释道，小心肯定是对的，他主要是担心甘地夫人的性情太懦弱、太怕事，若是遇到什么事都不敢站出来，那它的孩子就危险了。

大汉走后不久的一天晚上，甘地夫人带着孩子到二楼平台寻找食物。这是安娜当初开辟的求食之道，如今，越来越多的猫都学会了这一招，甘地夫人也不例外。好在，有大汉留下的礼物，安迪在接待上很有底气。然而，这天晚上甘地夫人只带了两个孩子来，那只黄白猫没来。当时，来的猫较多，安迪喂食都忙不过来，就没在意。直到第二天中午，安迪发现甘地夫人仍是一拖二地来到监区，就觉得有点不对头，他还去开饭的林子里找过，仍然没看到那只黄白小猫。

这是猫界少有的现象。母猫带小猫，要么一起来，要么都不来，安迪猜测有两种可能：一是小猫生病了，不能来；再有一种可能，就是小猫遭遇了不测。到底是哪一种呢？甘地夫人不能开口，只留下种种猜测，让安迪心里惴惴不安。同时，安迪仔细观察甘地夫人的神情，发现它确与以往不同。甘地夫人胆小是出了名的，平时离人都远远的绕着走，从不肯轻易拉近距离。而这天来到监区，当安迪试图走近些时，甘地夫人并未像过去那样立马后退，相反，它还抬起头盯着安迪，一副渴望的神情，仿佛是有求于安迪，希望他能为它找回自已的孩子。

安迪在甘地夫人的眼里读出了悲伤：难道那只小猫遇到了泰森？当天下午安迪去推饭时，就泰森的行踪，问了伙房的犯人。他们异口同声地表示，泰森这几天哪儿都没去，且无异常之举，应该不会是它。安迪也这样认为，试想，以甘地夫人的谨慎小心，连牢友都难以接近，怎会让小猫暴露在泰森面前？安迪又去询问花木组，看他们是否知道甘地夫人的家，花木组的人也不知道。

连续多日，甘地夫人依然只带着两只小猫到监区来，那只黄白可爱的小猫，仿佛就这样凭空消失了。一想起大汉走时的殷殷嘱托，安迪心里就堵得慌，他恨不得立马就发现甘地夫人的家，自己能够上门去弄清这一切。

半个月后的一天，安迪被警官叫到办公室，清理一大堆旧报纸，然后搬到底楼的楼梯间里，以便今后作废报处理。就在这次清理过程中，安迪意外得知了那只小黄白猫的下落。

在监狱里，警官与犯人的交流可谓无处不在。监区实行警官包干制，对于自己管理的犯人，他们要清楚知道犯人的改造情况，警官有时会找犯人进行正式谈话，有时就是在劳动之中随意聊上几句，这些都是警官的职责所在，而管理犯人的警官，本身就有“四知道”的要求：知道罪犯的基本情况，包括罪犯的姓名、年龄、特征、文化程度、捕前职业；知道罪犯的犯罪情况，包括犯罪性质、原判刑种、刑期、释放日期、犯罪案情；知道罪犯的家庭和社会关系情况，包括籍贯、亲属、主要社会关系；知道罪犯的改造表现情况，包括认罪态度、行为表现、奖惩情况。“四知道”是监狱干警的基本功，称职的警官不需要去死记硬背，而是通过日常与犯人的交流，自然而然就默记于心。这天的情况就是如此，安迪刚好归这位警官管辖，劳动时警官就与他拉起了家常，谈起了他家庭的情况。

事实上，出于内疚，安迪很少与人提及自己的家庭。家里曾经的辉煌因自己的缘故跌落深渊，这巨大的反差时常让安迪感觉愧对家人。所以，平时在与警官的日常交流中，他都尽可能回避提起，而总是讲些琐事以转移话题。正是在这不知不觉之中，安迪说起家里养的猫，称自己已有很久没见着它们了。当时，安迪还开玩笑说，如果监狱允许家属带猫来看他就好了，警官还笑他心太大。安迪完全没想到，自己这番无意的话，终于让他得悉了失踪小猫的去向。

警官告诉安迪，现在喜欢养猫的大有人在。大约半个月前，一家单位来监狱开展警示教育活动。这种活动就是组织社会单位的人员来监狱参观，通过服刑人员的现身说法，增强这些人员的廉洁守纪意识，避免走上犯罪的道路。这家单位的领导与监狱长曾是老战友，监狱长特地全程陪同，还执意将其留下来吃晚饭。因活动结束后时间尚早，监狱长便陪同老战友在监狱里转了转，随后去了外环道参观。就是在外环道的灌木丛边，他们看见了那只正独自觅食的小黄白猫。安迪知道小黄白猫一向活泼，却不明白何以会单独出来。然而没想到的是，那位领导非常喜欢猫，当他看见黄白猫时，连连称赞小猫长得漂亮，监狱长就说那就送给他。由于黄白猫太小，轻而易举便被捉住，当作礼物送给了那位领导。

原来是这样！

这位警官当时并不在场，他是听狱部的干警说的，所以监区也不知道。安迪听罢喜忧参半。一方面他为甘地夫人感到悲伤，毕竟它失去了一个孩子；另一方面又为小猫感到庆幸，因为那位领导的喜好，终使它脱离了监狱的苦海。他相信，这只小猫一定会得到很好的照顾。消息在牢友们中间传开，几乎所有人的看法都与安迪一致。毕竟这只猫没遭遇什么不测，而且还被送出了监狱，成为别人家养的宠物，已是幸运之至。而甘地夫人呢，似乎也该庆幸自己还有两个孩子，而且抱走的那个，明显是去过幸福生活了。

我完全赞同安迪的观点，接下来安迪关于家猫和野猫生存状况的论述，则让我更为那只小猫咪感到庆幸。在国外待过的安迪说话有个特点，就是从不卖关子，也从不绕弯子，他以过往积累的经验，在生存这个严肃话题上，给我补了一课。

安迪说，现在世界上仍然有真正的野猫，属猫亚科猫属，是一种野生小型猫科动物，分为非洲野猫、欧洲野猫和亚洲野猫。非洲野猫是现代家猫的祖先，而中国的野猫则属于亚洲野猫，主要分布区在新疆、青海、甘肃、内蒙古等地。安迪告诉我，这些真正的野猫，平时是很难在野外遇上的，它们有粗壮的长尾巴、厚实硕大的脚掌，身长可达 0.8 米，生活在人迹罕至的地区，系国家二级保护动物，任何捕杀和交易都是违法的。安迪说，不过在城市里，现在已没有真正意义上的野猫了，它们都是人类驯化后的猫的后代，早已丧失了野外生存能力，已变成在城市里翻找垃圾、无人收留的流浪猫。尽管如此，这些所谓的野猫，与家猫还是有很大差别，它们体型略大，喜欢单独行动，昼伏夜出，眼神凶悍，警惕性、攻击性强，一般不近生人。

“不过，以我肤浅的认识来看，二者真正的区别在于，它们对人类的信任程度不同。”安迪解释说，野猫和家猫是相互转换的。野猫与人类亲近后，可以变成家猫；家猫无人饲养后，就可能变成野猫。小黄白猫在监狱里面算是野猫，一旦有人收留，就慢慢会变成家猫。所以说，野猫与家猫之分，完全取决于它们和人类的亲近程度。然而，正是因为这一点，它们之间的生存状况差异才特别大。

安迪告诉我，他通过查资料了解到，家猫的平均寿命为 14 年，而野猫仅为 3 年左右，而且幼崽存活的比例很少有超过 50% 的，大部分小猫在 3 个月左右就夭折了。安迪特别说明，这是一位爱护动物协会的志愿者在长期跟踪记录若干个观察点的猫群数量之后得出的结论。平时大家看见一些流浪猫感觉它们优哉游哉的，晒太阳、伸懒腰、玩游戏，好不快活，其实这都是假象，野猫的天敌可以拉出一长串名单来：疾病、缺食、毒药、汽车、野狗、天灾、人类，这还不包括其他突发的意外情况。这些因素不需要做过多的说明，野猫能在这么多的天敌之下存活，其难度可想而知。

而家猫呢？几乎可以反过来说，凡是野猫可能遭遇的天敌，只要有人的干预，基本都可以避免。换句话说，野猫生存的一切劣势，在人的关怀下就变得不值一提，尤其诸如天气、野狗、缺食这些因素。由于同时接触过家猫和野猫，安迪最后用了几个常见的成语，总结出两种境遇之下，同一物种本质的区别："家猫可以说是被人细心呵护，宠爱有加；而野猫呢，则是食不果腹，居无定所，这大概就是家猫和野猫最大的不同。"

安迪讲到这里，让我想到一个问题："那这些野猫全国到底有多少啊？"安迪告诉我，关于流浪猫的数量，每年都有所不同。安迪说他过去看过一篇题为"流浪猫生存状况调查报告"的文章，已记不清是哪一年的了。当时据估计，像京广沪这样的大城市，流浪猫的数量都在 10 万 ~ 20 万只之间，而在全国这一数据大概在 4000 万只左右。

"啊，这么多？那全球的流浪猫得有多少啊！"尽管平时我们到处都可看见流浪猫，但可能没有谁会去注意它的数量，我一听吸了一口凉气。安迪看出我的惊讶，像过去在国外那样，略为耸肩摊了摊手说："关于全球流浪猫的数量，现在恐怕根本无法统计。美国有部电影叫《赤警威龙》，史泰龙主演的，开始就有句台词说道，世界上有 6 亿多只猫，不知是真是假，但想起来就够吓人。实际上，流浪猫在全世界各个国家都有，有的地方还泛滥成灾。为此，许多国家还专门立法来解决这一问题。"

为了让我全面了解世界范围内野猫生存的状况，安迪特地做了一番解读，他说，现在发达国家都有什么动物保护法、动物福利法，还有什么防止虐待动物协会，全是为了更好地保护动物的生存权利。他特别谈到，在为甘地夫人取名时，他就想起印度圣雄甘地说过的一番话："衡量一个国家的文明程度有四个标准，就是看这个国家是如何对待动物、女人、老人和弱者……只有善待动物的民族，才能建立伟大的国家。"安迪这番话让我有些震惊，我从来没想到，会有人将对待动物的问题提到如此的高度。然而，令我更意想不到的是，安迪还讲到了另一重要论述：除了对生命的尊重外，保护这些没人管的动物，能使自己的心灵得到慰藉。

这是我和安迪第一次在理论层面上探讨野猫的问题。那天回去后，我一直在琢磨安迪最后说的一句话："能使自己的心灵得到慰藉。"这是安迪过去养猫的心得呢，还是因为自己在监狱里，才有了这种特别的心灵感受？

监狱消息闭塞，除了电视上偶尔有报道外地犯人越狱的新闻外，在安迪的印象中，自己待了三年的监狱，还从未发生过什么大事。然而，监狱这次真的出了一件大事，而引发这一事端的，正是甘地夫人一家。

五监区是老年犯监区，常有病犯去监狱卫生院看病输水。为此，监区特地配备了四名卫生员，以照顾这些年老体弱的病犯。那天上午，卫生员都被派到卫生院守病犯去了。没想到，监区又有一名老年犯头晕，不能到食堂就餐，监区就安排安迪为他送饭。安迪中午打了两份饭，然后上楼到监舍，陪同这个老年犯一起吃饭。正因此故，那天中午就由推饭组的其他人为猫收集饭菜。当时，猫们都吃得好好的，甘地夫人是大猫，已习惯在林中的大盆里吃。而它的两个小家伙，仍旧在地上的那个小盆里吃。这些都是安迪特别交代过的，他怕小猫还太小，林子里的大盆够不上。

安迪当时没能看到这一幕，这是事后听牢友们讲的。据说，本来一切正常，甘地夫人的一只小黄猫吃着吃着，突然不知怎的就躺在地上抽搐起来。据称，小猫当时歪着头，嘴直张着，身子一个劲儿地向上抽，腿伸得很直，大家都不知道是怎么回事。小黄猫抽了一阵后，在林子里吃东西的甘地夫人才发现。它跑到小猫身边，用嘴去舔小猫，但小猫仍在使劲儿挣扎。甘地夫人围着孩子转了两圈，又用头去拱，再用嘴去舔小猫的肚皮，但依然没能让它停下来。

食堂里的牢友们听说后都跑出来看，大家都觉得出了问题，却有些束手无策。这时，有人准备去捉小猫，想看看到底是怎么回事，甘地夫人却冲着来人尖叫，施救没成功，人们就在那儿议论开来。乱哄哄的声音传到楼上，不知就里的安迪，端起饭碗就跑到窗前去看，恰好看到监区长从楼里出来。

“怎么回事？”安迪听到监区长吼了一声。霎时，现场安静下来，安迪看见推饭组的组长站出来，向监区长报告情况。监区长听毕几步上前，仔细察看地上的小猫，安迪这才把目光聚焦到小猫身上。当时，小猫一动不动，横着仰天躺在地上。由于安迪在二楼，从他的角度，刚好可以看见小猫的一只眼睛。虽然距离较远，但仍能看出小猫眼睛似乎突出来了。而甘地夫人的另一只小黄猫，则傻傻地呆立在一边，食也不吃了。只有一旁焦躁不安的甘地夫人，还在冲着人群凶狠地叫着。

小猫出事了！这是安迪的第一反应。怎么会这样呢？就在安迪感到有些困惑时，忽听得下面监区长一声大吼："全体集合！"安迪虽有种天塌下来的感觉，但还晓得自己在照顾病人，搞得下去也不是，不下去也不是。恰在这时，走道里匆匆走来一位警官，冲着他就喊："还在这儿磨蹭什么？赶快下去集合！"安迪听到警官命令，就用手指了指屋里，感觉嘴都不听使唤，结结巴巴地解释说："屋里还有个人……""下去！"警官不等他说完，又吼一声，"赶快下去，我不在这儿吗？"

等安迪手忙脚乱跑下去集合时，监区所有犯人都已笔直地站列成队，操场上响起监区长严厉的声音："全体都有，蹲下！"其他监区年轻犯居多，警官讲话时犯人蹲下是常有的事，但在老年犯集聚的五监区，这还是破天荒的第一次。"大家听着！监区死了一只吃食的小猫，存在食物异常的可能，从现在起，所有人不准离开操场！在事情没弄清楚之前，宣布几条纪律：一是若发现身体有任何不适，请立即报告监区！二是不准回监舍，监区将进行清监大排查！三是暂时停止进食，包括现在你们身上携带的食物！四是等候监狱进行全面调查，大家必须无条件配合！"

接着，监区长举起一只手，发出号令："全体都有，起立！以中间为准，每人间隔一臂向两边散开！先把身上的东西全部拿出来，进行搜身！"随着监区长的一声令下，楼上唰唰地冲下来四五个警官，迅速各就各位，开始搜身。安迪是第一次经历这样的大场面，一时真被吓住了。站在队伍里等待搜身的他，脑子里一直在想监区长说的"食物异常"。难道监区要追究小猫之死的责任？刚一想到这儿，安迪顿时觉得像触电了一样，浑身立马就燥热起来。

刚搜身完毕，安迪就看见监区门口涌进来一大群人。这群人越走越近，安迪全认得，走在最前面的是监狱长，后面跟着的，有行政办公室、狱政管理科、狱内侦查科、教育改造科、卫生院的负责人。所有人一脸挂霜，让安迪觉得简直喘不过气来。之后，这群人分成两拨，一拨人去了食堂，而监狱长则在办公室、教改科等人的陪同下，直接来到犯人集合的队伍面前，一上来就直奔主题："接到监区报告，五监区发生食物异常情况，现宣布以下纪律，务必严格执行……"

不知怎么回事，我这次帮教的申请没被批准。直到第二个月去见安迪时，才知道监狱发生了这么大的事。安迪哭丧着脸，述说了自己受的委屈，而作为一个局外人，我也是第一次感受到，作为刑罚执行的主体——监狱与外界的不同之处。

首先，有必要说明的是，我和安迪这次会面时，他的状态极差，好像还没完全从震惊中恢复过来。他所讲的事都显得杂乱无章，他从来清醒的头脑变得迟钝。以我的感觉，一方面他确系受到了刺激；另一方面，也是因为信息不对称造成的。在监狱里，许多事情远非一个犯人所能了解掌握的，以安迪不到黄河心不甘的性格，有的需要他自己琢磨，有的需要他自己判断，而更多的是需要他综合评估。看得出来，这两个多月，安迪可能就是这样神经质过来的，故而在见到我之后，他都有一种不知从何说起的感觉。

不过还好，像是因为监狱欠了我一次帮教一样，这次会见的时间破例延长了一些，这就使得我有更多的时间与他进行交流。一直到最后，安迪似乎才从迷乱中清醒过来，经过我俩细心的梳理，方慢慢厘清了事件的全过程。

这起事件之所以演变成这样，是因为监狱最初把此事定性为食物中毒事件。在监狱，犯人的安全至高无上，食品、药品是管理得最严的两样东西。监狱的当务之急是要弄清楚，甘地夫人的小黄猫到底是因为吃了什么才死的。安迪说，那几天，整个监区笼罩在一片恐怖之中，而他自己也简直像是要崩溃了一般。监区起初是一个一个监舍进行彻查，把舍房里的所有东西全部搬到走道上，一样一样地清理，凡稍有问题的，全部扣押。之后，监狱的狱内侦查科，相当于外面公安局的刑侦部门，开始找每个人谈话，要求他们毫无保留地说出自己感觉有问题的人与事。正是在这一点上，安迪成了主要的审查对象。

安迪长期负责喂猫，小猫的死亡就与他挂上了钩。比如，每天喂猫的这些食物，除了在犯人桌上收集以外，还有其他什么渠道？平时有没有其他犯人参与喂猫？当天有谁给猫喂过食物？最后，连当初大汉留下的牛奶、火腿肠，都被送去进行了化验。

小猫死亡案的侦破，直到半个月后才有了明确的答复。这起事件，让安迪经受了双重打击，一是最后案件得出的结论，让他啼笑皆非；二是整整半个月，监区停止了喂猫。这一决定，相当于取消了安迪的喂猫任务，安迪与猫没有关系了！接着，安迪详细给我讲了这起事件的起因和结果。

五监区的病犯特别多，病的种类特别多，三高患者特别多，比如就像走了的大汉。许多胆固醇高的病犯，早上自己订的鸡蛋，从来都不吃蛋黄，遇到本桌有年轻人，就帮他吃了。若是没人吃，就会被收集起来，成为猫的食物。那天中午，安迪因照顾病犯，就没有参与喂猫。说到这里，安迪苦笑一下，正是因为他那天中午没有参与，结果弄得嫌疑最大，给人感觉这一切都是他一手精心策划的，因为他有不在现场的证明！

安迪说，当时收集食物的人并不清楚小猫的生长状况，就把早上剩下的蛋黄与中午收集的食物放在一起，端出来喂猫。本来安迪平时也是这么操作的，但没有人像他那么细心，或者说是懂行，因为他每次都会将蛋黄捣碎。最后经监狱侦查部门解剖、化验，甘地夫人的小猫是因为吃了蛋黄，造成呼吸道窒息而死。用老百姓的话来说，小猫是被噎死的。它小小的嘴巴、窄窄的食道，是无法咽下一整枚蛋黄的。

任谁都不会想到，事实竟会是这样！

分析至此，安迪慢慢开始恢复自信。他认为，之所以会造成这样的后果，一是因为放了一上午的蛋黄水分流失，内部结构已过于密实，而饿了的小猫急于进食，遂囫囵吞枣吃进，造成呼吸道堵塞；二是事件发生后，没有任何人有这方面的经验，没能及时对其进行施救，再加上甘地夫人本能的阻挠，最终导致小猫窒息身亡。安迪说，他当时因在楼上离得太远，无法完全看清小猫当时的状况。从事后在场牢友的描述来看，小猫是非常典型的窒息症状。窒息就是因缺氧而导致意外死亡，可分为机械性窒息、中毒性窒息、病理性窒息，小猫就死于机械性窒息。

安迪说，在得知小猫的死因后，这段时间他专门查了查窒息的急救方法，其中最有名的方法就是海姆立克急救法，也被称作海氏手技，是美国医生海姆立克发明的。它的主要原理是利用肺部的残留气体，形成气流冲击异物进行急救。1974 年，海姆立克首次应用该法成功抢救了一名因食物堵塞呼吸道而窒息的患者，使该法在全世界被广泛应用，拯救的患者中，包括美国前总统里根、著名女演员伊丽莎白·泰勒等。为此，海姆立克被《世界名人录》称为“世界上拯救生命最多的人”，该法也被称为“生命的拥抱”。

我后来也上网查了相关资料，竟然发现幼儿都有被蛋黄噎死的。甘地夫人的小猫，大概只有三个月大，在一阵狼吞虎咽之后，发生这种悲剧的可能性非常大。随后，安迪讲述了这次事件的影响。他说，这次受影响最大的就是猫界。与上次鸡汤事件不一样，此次事故使整个监区都受到极大刺激和震动，虽然每天这些猫都不约而至，但为了避嫌和怕担责任，整整半个月，没有任何人敢给猫喂一口食，连安迪也不例外。看到这些猫可怜兮兮、忍饥挨饿的样子，安迪感觉难受极了，虽说自己因此事也颇受折磨，但比起死去的小猫，比起那些猫这么多天无食可吃，更比起又失去了一个孩子的甘地夫人，安迪就觉得心里有愧。此外，处于旋涡中心的伙房也是这次意外的重灾区。由于犯人的食物都来自伙房，使得这次伙房的审查，可以说是史上最严。严到什么程度？就是几乎所有购买回来的食物，都受到了最严格的检查，当然也包括所有参与伙房劳动的犯人。

我问他，现在一切都恢复了吗？安迪脸色一沉，答非所问地说，今后恐怕我们不能再这样面对面地交谈了。安迪不等我过度的惊讶反应，立马就接着说，现在表面上看都恢复了，但实际上，已有不好的消息在监区疯传。一是接见楼将安装玻璃，今后改成电话见面；二是监狱将实行“零带入”制度。

隔着玻璃打电话？还有什么“零带入”？我听了半天，似乎都没搞明白。安迪解释说，他们现在除了吃的以外，只要不是违规的东西，都可以通过家属、朋友带进来，包括用的、穿的。“零带入”，就是今后什么东西都不准从外面带进来，只能在监狱买，安迪认为，应该与这次食物异常事件有关。我一听就知道这事挺严重的，一下就想到哪儿问到哪儿：“那书也不能带了吗？你们今后自考怎么办？”我听安迪讲过，监狱里有许多犯人，为了立功减刑，就去参加成人自考。过关一科可得到奖分，而完成一门学科，还可以立功。

安迪听罢若有所思：“我从来没去参加什么自考，倒无所谓。不过，照你这么说，还是有些道理。且不说自考，那些书啊，球拍啊，球啊什么的，这些在监狱里买不到的东西，恐怕确需考虑。当然现在都是传闻，今后到底是怎么回事，只有看形势变化了。”

进入秋季，监狱到处杂草丛生。一天，监区安排花木组和送饭组一起，到监区旁边的空地除草。就在这次除草中，安迪听到了一件新鲜事。据花木组的人讲，这片空地将新修一座监区大楼，与对面的一监区对称。前述，监狱的五个监区，环绕中轴线呈对称分布。但因只有五个，所以，这块空地一直传闻会再修一栋楼，如此两边监区就完全对称。据说，他们这次来空地劳动，就是清理空地上的杂物，为施工单位进场做准备。

安迪当时听了有点吃惊，还有些莫名的伤感。只有他心里清楚，因为这里埋葬着泰山，他决定借这次除草机会，好好地去与泰山道个别。是啊，一转眼泰山已走了几年了，这里发生了太多太多的事情，他真想一一地讲给泰山听。安迪蹲在当初埋葬泰山的小土包前，一边除草，一边用只有自己能听见的声音与泰山交流。他告诉泰山，安娜一家都很好，甘地夫人、汤姆叔叔也长大了，请它不要挂念。此外，这儿要建新大楼，他今后就不能来看望它了。他希望泰山在天国里无忧无虑，他会好好照顾安娜一家的。说完这些悄悄话，安迪偷偷去摘了一束黄色的野花，放在泰山的“坟”前。

清理完杂物后，空地上的最后一个堡垒，难住了安迪他们。这块空地上一直有一根粗大的水泥管道，斜插在土里。这根管道有五六米长，管口直径约有半米，但管道到底插进土里有多深，谁也不知道。而今要想清理掉这根管道，大家都觉得没有把握。最后，花木组请示警官，并提出了解决这根管道的方案。警官看看时间尚早，就要求他们先试一下，将管道两旁的泥土先清理掉，再做决定。于是花木组拿来一堆铁铲，十几个人就开干起来。

重庆的秋天雨水特别多。正当大伙干得热火朝天时，天空突然下起了雨，于是，这次空地劳动改造就匆匆宣告结束。当安迪收拾工具回监区时，他绝没想到，正是这场来得非常诡异的大雨，让猫界又发生了一次超级地震。

这场毫无征兆的雨一下就是三天，而且有两天雨还特别大。就在雨停下来的第三天晚上，相邻空地的乐器室里，几个获准在这里排练节目的牢友，都听到了来自空地的猫叫声。安迪听他们上来讲，好像是猫的叫声，听起来凄凉而微弱。“大概是猫在那儿躲雨吧。”联想到这几天，甘地夫人和孩子都没来监区吃饭，有种不好预感的安迪这样安慰牢友。

第二天天气转晴，久违的阳光一缕缕挂在监区的铁栅栏上。早饭后，安迪借洗碗之机，特地到乐器室边上听了听，没听见任何声音。他心想，说不定躲雨的小猫已走了。中午时分，安迪刚躺下准备休息，值班的门岗就来叫他，说警官安排他与其他几个人一道，从楼下乐器室搬几张桌子去室内篮球场，为监狱民警秋季运动会布置会场。这是监狱每年都要举行的常规活动，安迪记得去年就搬过桌子的。就在搬运过程中，安迪忽地听到似有似无的猫叫声，若不是昨天有牢友告诉他，完全听不出这声音是从哪儿来的。安迪当即向在场的警官报告，而这位警官似乎也听到了猫叫声。

搬完桌子回来，警官安排其他人回监区，然后带着安迪去了监区旁的空地。安迪来来回回仔细寻找，既没有听到猫叫，也没有发现猫的影子，只好随同警官离开。正当他们刚走下环道，准备回监区时，非常清晰的一声猫叫从空地里面传来。

“真的有猫！真的有猫！”安迪不等警官下令，竟独自一人就往回跑。警官了解安迪的心情，况且这空地只有这么大，一眼能望到头，一个犯人会跑哪儿去？警官只是笑笑，就跟着安迪过去。一声，两声，三声，那只猫似乎知道有人在找它似的，接连叫个不停。安迪转了两圈，最终将目标锁定在那根空管道上。

“报告警官，这只猫可能就在这里面！”安迪激动地向警官招手。在监狱，犯人与警官的交流，有一套非常规范的报告词，这是犯人在入监整训时的必修之课。比如犯人去找警官，就应这样说：“报告警官，服刑人员某某某前来汇报思想！”若是警官找犯人，犯人又该这样说：“报告警官，服刑人员某某某前来接受教育！”若是在野外报告时，犯人还必须站在距警官三米之外的地方。安迪颇为放肆的招手做法，明显违反了监规纪律，但于此时此景，似乎更能体现他迫切的心情。

虽然大致确定了猫叫的位置，但黑洞洞的水泥管道一眼见不到底。警官也过来看了看，随即用对讲机呼叫同事，一会儿，另一位警官拿着警用电筒来了。说实话，安迪当时觉得非常感动。警官的职责是管理好犯人，按理说可以不管这些事。但警官也是人，在这一点上，人类的爱心没有等级身份之分。

警用电筒的光亮非常强，警官将电筒伸进水泥管道，安迪借着那束强光，终于可以模模糊糊地看到，里面很深的地方好像是有一团东西，而这团东西还在不停地蠕动。“安迪，去叫几个人来！”警官向他下达了命令。

安迪上次说到的传闻，而今正慢慢成为现实。我这次去监狱帮教时，就看见接见楼的底楼大厅，正在全面装修。一排大理石砌成的长条石台已建好，上面正在安装玻璃。听带我去的警官介绍，今后来监狱帮教，就不能再面对面对话了，只能在大厅通过电话进行交谈。

这是我与安迪最后一次面对面说话。安迪这次的情绪非常低落，他在向我讲述那天空地发生的事时，有好几次都几乎控制不住。其实，我心里很清楚，不仅是因为监狱里猫的遭遇，还因为长期在监狱服刑，犯人的心理较为脆弱敏感，再加上越来越严的监管纪律，这就使得安迪的心情愈加不好。尽管如此，安迪的描述依然严谨有序。他说，那天监区调动了十多个犯人，硬是将水泥管道从土里拔了出来。他说他永远记得管道移开的那一幕：像是地上突然冒出一股大水，而大水之后，才看见一只像落汤鸡似的小猫伏在原地，全身瑟瑟发抖。

果然有猫！安迪说，当时他一下就尖叫起来：“是甘地夫人的小猫！”虽然小猫浑身被泥水包裹，但依然一眼就能看出这是一只小黄猫。此际，温暖的阳光正洒在小猫身上，安迪和众人一阵欢呼，全然忘了该怎样去帮助这只无助的猫。

“是它自己掉进去的吗？”安迪在听了我的发问后，试着为我讲解他能想到的情况。他说，避雨、失足、躲杀、觅食、捕猎，各种可能性都有，尤其还是小猫，甚至不排除是因为好奇而自己跳进去的。管道壁有水，又较陡，小猫爬不上来，于是就被困在里面。安迪说，或许是他们击掌欢庆惊动了它，稍稍缓过劲来的小猫忽地昂起头，强打精神，又恢复到它以前的警觉状态，谁也不看，弓着身一瘸一拐地就朝空地边上跑去。然而，令人奇怪的是，小猫跑到空地边缘却停了下来，而且回过头来，一直向他们这边张望。

大概是饿了，想向我们讨吃的，安迪告诉我，这是他当时的第一反应。只是这块空地此前刚清理过，完全找不到吃的东西。安迪随即又猜想，或许是小猫想表达它的感激之情。于是，安迪就朝小猫挥了挥手，权当致歉和与它别过。那只小猫似乎明白安迪的意思，可它在空地边上转了两圈，又回到原地眼巴巴地望着这边。这时，警官已叫他们收拾工具，准备回监。安迪走去捡地上的锄头，正当他弯下腰来时，猛然发现地上有点不对头。

就是在说到这儿时，安迪眼眶一下红了起来，连语言都变得有些不流畅。我起初完全没想到接下来发生的事，只是觉得安迪的神情有点怪怪的，还以为他是发现晚了，感觉对不起那只小猫。其实，在监狱接见或帮教时，作为初次相见的双方，抱头痛哭的比比皆是。我只是很少看到安迪情绪失控，故才会有这种奇怪的感觉。听了接下来安迪描述的情形，我才真正明白了他此时的心境。

安迪告诉我，就在他捡起锄头的一刹那，仿佛有一个冥冥的声音在告诉他，他一下就发现了小猫刚才离开之地的异样——

一团拱起的湿漉漉的泥土，上面却有如刺一般的分叉，朝上竖着，让人感觉不像泥土似的。安迪用手去撸了撸，软软的，感觉像刷子，他不能确定那是什么。他又朝小猫所在的方向望去，看见小猫也在向自己这儿张望。

安迪试着分析当时他看见的现场情形。水泥管道刚被挪开时，里面因为水很多，泥水暂时掩盖了小猫藏身的地方。等小猫跑走后，泥土露了出来，再加上水分慢慢向四周扩散，小猫原来蹲着的地方才开始起了变化。“我就是在这个时候，突然有种不祥的预感，”安迪说到这里，用手去揉了揉眼角，停顿了半刻，才把话说下去，“我当时并没叫其他人，只是自己捡起锄头，轻轻地从那团泥土上方挖下去，再用锄头朝自己的方向向上撬。结果没想到，这团泥竟然是……”

相声里有抖包袱的艺术手法，这回却在监狱里应验了。正当安迪在为我揭开泥土的秘密时，一位警官快速来到我们面前，告知因监狱有紧急事务，今天的帮教不得不提前结束。我甚至都来不及和安迪道别就被警官拉走了，警官一路陪我下楼时，还不住地表示歉意。

这个悬念让我干等了一个月。一月之后，当我重来这里见安迪时，我们见面的地方已改到了底楼。大厅中央隔着一层厚厚的玻璃，玻璃上方贴着一行红色大字：“你的通话正在被监听录音。”

在大理石桌面上，里外都有部电话，双方就用电话通话。

我进去的时候，安迪已坐在里面的座位上。我们用手相互贴在玻璃上，权当是握了握手，然后警官过来用一张卡开通了电话，一个遥远的声音从话筒里传来：“杰克，我们通话的时间只有半个小时。”这是安迪说的第一句话。“安迪，我等了一个月，就想知道结果。”这是我回过去的第一句话。相互寒暄之后，安迪才放慢声音，一字一句地把上次没说完的话接上。虽然时间又过去了一个月，但安迪依然像是接着上次说的一样，丝丝入扣，一点也不生涩。

安迪告诉我，在把那团泥土撬起来后，才发现竟然是一只已死去的猫！原来，安迪最初看到上面那些朝上竖着的分叉，实际上是这只猫被打湿的皮毛。正是因为泥水渐散，猫的皮毛才慢慢显现出来。安迪说，死猫当时浑身裹着泥，根本看不出是一只什么样的猫。于是，他拎住猫的尾巴，将它拖至刚才泄出来的水凼里，稍稍洗了洗，才发现是只白多黑少的花猫，而且这只猫不仅没有肿胀变形，身子还很柔软，似乎刚死去不久。由于这只猫头顶皮毛稀少，大家一下就认出它来。“杰克，是的没错，它就是甘地夫人。”

甘地夫人怎么会在这儿呢？它又是如何死去的？安迪根据事实发生的结果，大致勾勒出较为合理的过程。先是甘地夫人的小猫掉进了管道里，随后甘地夫人救子心切，循着小猫的叫声也进了管道。但是，进管道易出管道难，母子俩同时身陷绝境。安迪告诉我，他也不太清楚，它们是什么时候陷进去的。但从后果来看，它们没能躲过这场大雨。虽然管道系倾斜入土，雨水进得有限，而且可以渗进管道底的泥土里，但是，这场罕见的大雨，仍使管道内水位持续上升，直接导致里面积满了水。于是，在安迪的想象中，甘地夫人一定是想尽一切办法托着孩子，在里面苦苦挣扎。然而，终因被发现得太晚，而水又积得太深，最后，甘地夫人便化为小猫立身的基石，用自己的生命托起了明天的太阳。

安迪的推断不无道理。试想，在管道积水不断上涨的情况下，一只成年猫与一只小猫，谁的成活概率大？显然应该是成年猫。然而，安迪他们看到的却是小猫活了下来，成年猫则成了小猫最后立足的一叶方舟，这怎不叫人惊奇、惊讶、惊叹！

平时在楼上帮教，一般情况下人都不多，即或偶尔人要多些，但因房间够大，相互说话并不费力。而那天第一次用电话通话，旁边的人特别多，声音都比较大，使得我们双方说话都很吃力。但正是因为注意力特别集中，又没去管旁边的人，在说到这里时，我的眼眶都湿了。我完全没想到，一只平时最胆小的猫，一只平时最谨慎的猫，却做了一件最伟大的事，它是一位何等伟大的母亲！我现在明白，为什么当时那只小猫不愿离开那儿了，它一定是想看看它的母亲会不会跟着它一起出来。安迪告诉我，他当时同样觉得太痛心了，痛得完全不能自主。结合甘地夫人死时的状况，说不定它一直都在坚持，想等到有人去救它们，倘若他们及早发现，或许还能救下它。正因如此，安迪说，当时他完全控制不住自己的情绪，就蹲在地上，一个人在那儿旁若无人地哭开了。周围牢友都默默地肃立原地，最后连警官都过来拍拍他的肩，任由他哭。

安迪说，那时他完全忘了这是在监狱，这本不是一个他能够不受约束、随意发泄自己情感的地方。但是，他说他确实没能控制住，他既是为甘地夫人哭，也是为它的孩子哭。甘地夫人的孩子刚半岁，虽然已能离开母亲生活，但在监狱这种环境下，要想成长该有多么艰难！而经历了这场地狱般的噩梦，又会对它的心理产生怎样的影响?!

安迪的泪水模糊了他的双眼，他也任凭其恣意流淌。他告诉我，这次经历让他思考了许多问题，为什么一只猫，一只小小的动物，能够达到甚至连人类都难以达到的高度？在人类社会中，这种情形不是没有，许多父母为了自己的孩子，也做出过惊天地泣鬼神的感人举动。但猫毕竟是动物，且还是驯化得较晚的动物，甘地夫人的行为，似乎印证了普适人与动物的一条永恒真理——这就是亲情。

“亲情是最奇妙的事，它有着不可捉摸、不可抗拒的巨大力量。”安迪说，他忘了这是谁说过的话，但无论是对人或是对动物而言，这绝对都是最真实的一句话，而其中的深刻内涵，已远远超过我们人类所能感知的高度和深度，而对于这一点，比安迪更了解外面世界的我是有同感的。一只鹿为拯救过河的孩子，不惜以身去填鳄鱼之口；一只野鸡遭遇山火不幸身亡，可它的尸体下竟然有一窝蛋……这些动物在生死面前所呈现出的大爱，既让我们动容，又令我们汗颜。

在讲到最后一个细节时，安迪在电话里几乎泣不成声。他说，当时多亏有个牢友在现场提醒了他。安迪其时为甘地夫人而哭，全然忘了周围的一切，大家都在默立，只有那个牢友不经意地发现，一直在空地边上的小猫，在安迪哭时竟然站了起来，用这个牢友的话来说，突然觉得这只小猫完全像人一样。当安迪稳定了情绪，开始默默收拾工具时，正是这个牢友及时的提醒，才让恍然起身的安迪看到了他永生难忘的一幕：只见刚才还站着的小猫，此际没有一点犹豫就收爪扑地，转身掉头，仿佛它知道母亲永远不会回来一般，毅然跳下空地，头也不回地沿着环道蹒跚而去，那一瘸一拐的身影就这样永远地印刻在了安迪的脑海里。

说到这里时，安迪哭出了声，他说，小猫听到他的哭声，一定是绝望极了，它或许知道，它再也见不到它的母亲了！它的母亲真的死了！它的母亲再不会回来了！安迪边哭边说，他不知道这母子俩，三天三夜，或许是两天两夜、一天一夜，在管道里都经历了什么，都想了些什么，但小猫心里一定清楚，正是因为它的母亲，它才能够看到今天无比灿烂的阳光。

大家招呼到盥洗间的洗漱池边，将报纸打开，里面是用塑料袋装着的卤菜，有几片牛肉、一点肚丝，还有豆干、花生米，闻起来真是香极了。“这个牢友告诉我们，这是刚才警官们吃剩下的，他去打扫卫生，警官说丢了可惜，就叫他带回来了。当时我们就你一块我一片，一会儿风卷残云般就把卤菜吃完了，简直太好吃了！”

回味卤菜诱发出的快感，使得安迪越说越激动：“杰克，你知道我们在里面最想吃的是什么吗？我最想吃的就是一碗普通的小面，若是再奢望一点就还有火锅！这些东西在外面你可以想吃就吃，但这是在监狱！所以说，你能说警官不对吗？事实上，大家都对警官的做法心存感激，毕竟是他让我们吃到了里面没有的东西。警官错了吗？没有！因为事实本身会让你觉得警官一点没错，我这就把事实告诉你。一般情况下，监狱是不允许警官在监区就餐的，监管区外他们有自己的食堂。那个牢友说，当天警官因加班没时间出去吃饭，就叫人随便买点了卤菜，先填填肚子，而且他们吃完后还在加班。按理说，警官完全可以把这些剩菜统统倒进垃圾桶里，但那样的处理方式又好吗？”

听着安迪滔滔不绝的述说，原来一直平等看待监狱的我，似乎是第一次感受到我和安迪的确是处在两个完全不同的世界。“卤菜是警官外边的同事帮忙买的，我估计肯定是问了有几个人吃，但一般情况下，买的人怕不够吃，自然会多买一点，这是人之常情。当这些卤菜剩下之后，杰克，如果是你，你会怎么处理，是直接倒掉或放冰箱，还是赠人玫瑰，手留余香？直接倒掉最省事，值班室没有冰箱，虽说这点卤菜也谈不上是什么香，但这就像我们对待监狱的野猫一样，有总比没有强啊！”

“有总比没有强啊！”想起当初安迪对野猫说的话，现在一下放在他自己头上，这种自比野猫的说法，让我心里很不是滋味，而意犹未尽的安迪又接着说：“这实际上跟伙房的人吃狗肉是一样的。这只狗不是病死的，是被摔死的，那跟外面的杀狗有什么区别？又跟外面的人在馆子里吃狗肉有什么区别？大家吃在肚里，就当是打个牙祭，增加了一道菜，你又能说错在哪儿？不过……”安迪可能感觉到自己有些激动，就稍稍停顿了一下，才继续说下去：“不过，那天晚上只有串串一个人没吃。他告诉我，虽说狗肉闻起来非常香，但这是他最喜欢的欢欢，你说他怎么能吃得下去？”

“老实说，伙房的人与我们监区的人还是不一样，”说到这里，安迪的语气渐渐平和了一些，“伙房的人原来大都是餐馆的打工仔，家境一般，在这里能够有一顿狗肉吃，相对外面而言，那就是一桌满汉全席。尽管他们心里说不定也有不安，但在生存面前，一切都已变得不重要了。换句话说，人为了生存，是什么事都干得出来的。历史上有起著名的空难事件，幸存的人最后发展到人吃人的地步，你说，一个欢欢又算什么？”

安迪说起的这次空难，我略知一二。1972年10月12日，乌拉圭一支业余的橄榄球队租用乌拉圭空军包机，前往智利首都圣地亚哥参加橄榄球比赛。后因天气原因，飞机撞上安第斯山脉的一座山峰，45名乘客中的33名得以幸存，被困于深山雪林。最终，16名幸存者靠着吃队友的尸体活了下来，他们72天的生存经历震惊了世界，被称作“安第斯奇迹”。但是，这些幸存者回来后并未受到欢迎，反而遭到遇难者亲人的唾弃，咒骂他们是吃人的魔鬼，是“食人族”，随后在全世界引发了一场关于生命与道德的巨大争议。美国好莱坞电影《天劫余生》，就是根据这个真实事件改编的。

“安迪，安迪，不要激动，安第斯空难是迫不得已的事，他们完全没有食物啊，而且……”眼看着安迪的情绪已渐平息，未料他一说到空难又开始激动，根本不听我的劝说，继续发表他的高论：“生存是人性的本能，在当时那种情况下，人类社会的规则就不再适合他们，他们只能遵循生命的法则，做出有利于生存的选择。我还记得后来有人送给这些幸存者的一句话：‘在死亡的底色上，生命更具雕刻的美。’你想想，无论是什么选择，若是没有生命，什么都将不复存在，你还臭美什么？你能说他们的选择是错的？黑格尔有句名言‘存在即合理’，说的就是这个道理。事实上，他们的行动证明，墨守成规永远创造不了奇迹，只能是死路一条，你说对不对？”

安迪最后这句“你说对不对”，其实根本就没有询问我的意思，只是被他当作了这段话最后的语气词，因为还没等我思考消化怎么回答，他就又开始了他的长篇大论：“我再说现实一点，就拿监狱来说吧，这里的法则与社会的法则就完全不同。比如说钱，在外面的社会，钱大概是人人身上都有的吧？没有钱你怎么生活？可以说是寸步难行。但是，在监狱里，钱就是违禁品，犯人身上绝对不能有钱，因为有了钱，犯人逃脱后就会有生存的条件。还有更让你想不到的，你身上穿的衣服，在监狱同样是违禁品。”

“衣服都是违禁品呀！”这一点我确实是没想到。我当时在想，囚犯是有囚服的，就是衣服上有条纹的那种，但除了囚服，总得穿其他衣服呀，比如说毛衣、衬衫、汗衫、短袖之类，这些怎么办？安迪等我把话说完，才慢慢解开他囚服上的衣扣，露出里面穿的毛衣说：“杰克，现在都是什么时代啦？当然允许穿啦，这又不是原始社会，不然怎么生活？不过，在监狱自有一套办法，所有衣服上面都要打上监狱的名字，就像球服要印上球队名称一样，只有内裤、袜子除外。其实，衣服与钱的道理一样，如果犯人穿着便服从监狱逃脱，他就很容易蒙混过关，也不便于警方抓捕了。”

“我只是举了钱和衣服的例子，在监狱，这样的东西是很多的，完全与外面不一样，比如我之前讲过的药品、打火机之类。杰克，这就是监狱的丛林法则，我们在监狱，就必须遵从这些法则，否则就是违规，甚至违法，”说到这里，安迪稍顿片刻，像是总结似的说，“安第斯空难幸存的人遵从生命的法则，我们遵从监狱的法则，老百姓遵从社会的法则，军人遵从军队的法则，商人遵从经商的法则，所有人遵从国家的法则，所有国家遵从世界的法则，这个社会才能秩序井然，正像卢梭《社会契约论》所言：‘人生而自由，却无往不在枷锁之中。’这个枷锁，我的理解就是法则。当然，安第斯奇迹有其特殊性，尽管人们将二者遵从的法则混淆，以至引起轩然大波，但主要还是因为它触及了人类的道德底线，这是可以理解的。不过，杰克，在什么样的环境下选择什么样的生存方式，主要是看它的时代背景、社会基础和丛林法则，而且还要遵循伦理道德，否则……”

就在安迪说到兴头上时，上厕所的大汉回到座位，全然不顾我们正在说什么，拿起电话就说：“我这些年在里面还是落下了病根，得了前列腺炎，时不时就要上趟厕所，你们不要见怪。”大汉的回归让我们的话题戛然而止，安迪只好临机应变，岔开话题：“哦，对了，你刚才问到泰森是如何发现汤姆叔叔和欢欢之间的关系，又是如何寻机攻击它们的，我了解的情况大致是这样的……”

安迪话音未落，在大厅的一位警官走过来，拍了拍大汉的肩膀，说：“你难得来一次，又耽误了不少时间，你们就多说一会儿吧。”这时，电话里正好传来嘟嘟声，随即就完全没有声音了。大概是刚才这位警官已做了安排，这时里面的警官又过来，为我们的电话刷卡，紧接着，电话里就响起了大汉的声音：“我刚才特地找他们说了下，毕竟我在这儿待的时间长，警官还是很理解的，我们可以再接着打一次电话。”

我对大汉竟有如此本事表示惊讶，在电话里连说谢谢。大汉转过头来，只是微笑，安迪则打出了一个“V”的手势，意思是说他之前就争取过，本该如此。经过这一番暂停，安迪才续起方才的话题。他说，自从汤姆叔叔救了欢欢后，它们就经常偷偷出去玩耍，活动范围大致是在生产车间和四、五监区一带。这一带相对远离伙房，比较安全，有牢友看见过。但真正危险的不是它们俩在一起，而是汤姆叔叔去约欢欢的时候。安迪说，他不排除欢欢有时会主动去找汤姆叔叔，但从它们约会的地点来看，汤姆叔叔来找欢欢的概率要大得多，包括那天晚上在卫生院发生的奇特之事。这次事件发生在一监区附近，想来应是汤姆叔叔来找欢欢，结果不幸被泰森发现了。

安迪是一个较真的人。为能找到泰森何以会在一监区附近发动攻击的证据，他找过花木组询问，结果还真被他问出来了。当结论出来之后，安迪竟然发现，自己其实是有机会找到答案的，只是被他一时疏忽了。安迪告诉我们，前一阵新监区建设，将新监区门前的道路轧坏了，监狱准备重新修补沥青路面，现正在清理道路，周边已被施工护栏围住，不能通行。所以，五监区现在去伙房推饭，就需要绕一大圈，经四监区、教学楼背后的桂花林，然后再经三、二、一监区才能到伙房，路程比原来多了三分之二。

据安迪讲，那段时间，花木组的牢友经常看见泰森在三监区与生产车间之间的隔离带里徘徊，他们以为它在那儿觅食。现在大家才明白，这是泰森在此设伏，如果汤姆叔叔约欢欢出来想去车间玩，必得经过三监区。那天，当汤姆叔叔约上欢欢经一监区过来，准备去生产车间区域玩时，泰森就从三监区隔离带杀出来拦截它们。于是，汤姆叔叔和欢欢就只能往回跑，结果在一监区门口被泰森追上了，而这一幕甚至还被一监区的门岗看见。泰森伏击汤姆叔叔和欢欢的真相就此揭开。安迪说，自己天天推饭都经过三监区的，只是根本没想到泰森会这么有心计。

说到这儿，我突然想起个问题："欢欢是泰森的孩子吗？"安迪摇摇头说："不知道。听串串讲，狗群现在是四只公狗、两只母狗。大的母狗就是欢欢的母亲，小的就是欢欢。当初伙房留下欢欢，就因为它是母的，今后可以为狗群传宗接代。但是，谁也不知道欢欢的父亲是谁，但肯定是在四只公狗之中，有可能是泰森，也有可能不是。"安迪说到这儿，似乎一下明白了我提问的初衷，就进一步解释说："监狱里的狗都是一般的土狗，这只小狗的毛色很普通，看不出与哪只公狗相近。倘若泰森是欢欢的父亲，一般情况下，它是不会杀死自己的孩子的。泰森当时是在暴怒之中犯下的恶行，即便欢欢是它的孩子，也完全有可能为此丧命。"

"那……汤姆叔叔怎么说也救过欢欢一命，虽不清楚泰森是否知道，但它为什么非要揪住汤姆叔叔不放？”我提出了第二个感到有些迷惑的问题。这时，大汉插进话来：“我养了一段时间猫狗，多少有些了解，或许可以回答你这个问题。狗具有领地习性，群狗更是不喜欢有其他动物侵入，有时哪怕是同类，若情趣不投，它们同样会发动攻击，将其驱逐出去，更何况还是不同物种的猫。汤姆叔叔经常约欢欢玩，说不定正触及了泰森的痛处，它如此心思缜密，一路追杀，当系出于保护狗群的本能意识。”

安迪对大汉有如此见解颇为惊讶，他接过话茬分析说：“猫狗之间的友谊，一般情况下仅限于个体之间，汤姆叔叔与欢欢就是这种情况。然而，群体的安全高于一切，它不会因为个体的友谊而改变，欢欢的遭遇或许在它去偷吃糨糊时就已注定了。”

汤姆叔叔和欢欢的生死之情，确让人唏嘘不已。大汉的意见是，若能为动物创造一个和睦相处的环境，它们还是可以相亲相爱的。我的观点则认为，动物与动物之间，有如人与动物之间一样，若是因某种机缘巧合共过患难，同样可以建立感情。不过，安迪的看法则另有一番见地，他说，叔本华说过，事物的本身是不变的，变的只是人的感觉。因此，动物相对人而言就很简单，动物可以有超越关系、超越物种的友谊，但人好像没有，比如一个大老板与一个乞丐，怎么可能成为知己？昔日成功的你此际落难，又有谁来关心你？昔日辉煌的你而今老去，又有多少人想起你？这就好比男欢女爱，本来只要相互喜欢就可以在一起了，但却有数不清人为干预酿成的人间悲剧。安第斯空难那些幸存者同样如此，在当时特殊的环境下，拯救生命对他们来说本来很简单，是世人所谓的道德观念，让它变得复杂和世俗。

这次帮教成了三方交流，于我而言既觉新鲜，且有收获。我相信安迪说的是真心话，就像他现在身陷囹圄，除了亲人，除了像我这样的老朋友、大汉这样的难友以外，又有谁还会去在乎他、关心他呢？然而在动物界，这一切都不会发生。

“杰克，”大概已预感到帮教快要结束的安迪最后说，“那天晚上，我们是七点半才吃的饭。另外，汤姆叔叔没有受伤，随着欢欢的离去，相信泰森也不会再为难它了。现在一切都过去了，我们刚搬到了新监区，各方面条件大为改善，现已改成了六监区，”这时，电话里再次响起了阵阵的嘟嘟声，“感谢你们来看我，谢谢！我只是希望，我们每个人心中都应有一座安第斯山，它虽然潜藏着危险与绝境，但必定也蕴藏着希望与奇迹。”

搬家之后，推饭组天天都在做清洁，几乎没有时间休息。监狱犯人是群居生活，地方狭小，人员密集，而且因其管制的特殊性，以及犯人的整体素质、生活习惯、经济条件参差不齐，决定了此地必须做到干净整洁，否则就会带来严重的环境污染和健康问题。而刚建好的大楼，到处都是建筑灰垢，每天都在清洗，但仿佛始终做不干净一样。

这天早上洗完碗后，安迪被派到警官办公室做清洁。刚做了没多久，安迪恍惚听到一两声若有若无的叫声，像狗叫，又像猫叫。仅过了几分钟，隔壁值班室的电话就响了，安迪听到值班警官说了几句什么，然后就看见他走了进来，对室内的警官说："道路的施工现场出了点事，我去处理一下。"接着，值班警官又对安迪说："欧阳安迪，你跟我去一下。"

警官说完就匆匆往外走，安迪忙将抹布放在桌上，跟着下了楼。刚到监区操场，刚才的声音一下变得清晰，安迪听出是猫叫，而且叫得无比凄厉。不祥的叫声预示着事态有些严重，值班警官明显加快了步伐，直向监区大门外的道路施工场地走去。

六监区门前的环道因路面损坏，这段时间施工方一直在现场施工，算起来已有十来天了。之前安迪他们还在抱怨，每次去推饭，都要绕很大一圈，推回来的饭菜有些都凉了，一些年老的犯人意见很大。安迪当然希望能尽快修好，以保证大家能够吃上热饭热菜。由于这段道路是封闭施工，四周装有围栏，所以，值班警官和安迪出了监区大门，要沿路边人行小径往前走，才能绕到前面有开口的地方。刚到施工现场开口，就有一位戴安全帽的施工人员迎了上来："警官同志，刚才狱部已通知我们了。"

"到底是怎么回事？"值班警官边问边往里走。安迪落在后面，虽还没完全进到里面的现场，就已觉得一股灼人的热浪扑面而来。待他走到浇过沥青的路面跟前时，就看见热气腾腾的沥青路面正中，有一团黑乎乎的东西在蠕动，而越来越清晰的惨叫声，似乎正是从那里发出的。

“情况是这样的……”施工人员开始向警官讲述发生的事情。他说，这段路面因损毁严重，基本是重新铺设。按照施工进度，前段时间工人们已将路面彻底挖开，对坑槽四周进行铣刨，且将坑槽里的碎石、废渣清理干净，今天一早就开始铺设沥青路面。为此，施工人员还简要介绍了沥青路面的铺设工序。他说，沥青在常温下呈固体状态，浇洒路面时，其温度需达到150℃，这时的沥青就像液体一样可以流动。施工人员说，铺设过程并不复杂，就是浇一次沥青，撒一层沥青碎石混合料，再用振动压路机将其压紧。这样的工序会重复几次，才能保证修好的路面不会变形。

“但是，我们完全没想到，监狱里居然会发生这么奇葩的事情，”施工人员在向我们描述事情的经过时，感觉连他自己都不相信，“刚浇完第一道沥青，我走到围栏外，正准备安排装有沥青碎石的车辆进场，突然看见一只大狗和一只黑猫，一前一后直向我们这儿奔来。”这个施工人员显然不知道监狱里猫狗的情况，他说当时还以为是两只猫狗在玩耍，可当那只猫疯了一般窜到这里时，他才发现情况不妙：“我的天，当时它们奔跑的速度之快，简直觉得天都要塌下来了！”施工人员说，因围栏将这段路面堵死，只剩他们施工现场的开口，黑猫跑到这里时，就等同于进了死胡同。说到这里，这位施工人员指了指路面中间，语气显得有些沉重："当时，黑猫逃到这里可以说是无路可走，结果一头就闯进了施工现场。唉，这只可怜的黑猫，它根本不知道这沥青有多烫，而且因奔跑的惯性，一下就滑到了路面正中。警官同志，这可是温度高达 150 多度的沥青啊！这这这……这么滚烫的沥青，它怎么承受得了……"

随着施工人员手指的方向，安迪焦急的目光，慢慢定格在了路当中那团模糊的黑影上。刚刚进来时，因沥青温度很高，整个路面上方不断地升起一团团气浪和热雾，那团黑影在里面可谓若隐若现。直到这一浪一浪的气雾，随着温度下降和风的作用慢慢散开，黑影才渐渐较为清晰地呈现在安迪眼前：啊，是汤姆叔叔！

缕缕热雾中，安迪看到汤姆叔叔身体呈前高后低的姿势，前面双腿半跪，后面则整体斜卧在滚烫的沥青面上，感觉整只猫开始摇摇欲坠，有点撑不下去了。它的叫声一声比一声低，一声比一声惨，到最后只能发出"呜呜"的怪叫声，听起来一点也不像猫的声音了。"喂，你少说点行不行？赶快想办法把它弄出来啊！再不弄出来就要死了！"按理说有警官在场，安迪本没有说话的分儿，但遇上这等对他来说的大事，他也顾不了那么多了，冲着施工人员就吼起来。

施工人员没想到安迪会率先发难，抑或是有警官在场不好发作，也好像并未歧视安迪的一身囚服，仍认真做了一番解释。他说，当猫冲进去后，他们先是把跟上来的狗赶走，然后就一直在想办法把它弄出来。由于黑猫所处的位置，距周边路沿都有四五米远，沥青温度又高，人是不能直接进去救的。他们想到了两种办法：一是找几块木板搭进去，但周边昨天刚清场，一时没有找到；二是直接在沥青上作业，铺成一条路进去施救。不过，若要等到温度降下来，所需的时间又太长。当然还有一种最简单的办法，就是直接把没加温的碎石倒上去。但是，若采用这种方式摊铺，这段路面肯定就要返工，还会造成损失。所以这才请示监狱，希望警官出面来解决问题。

安迪虽焦急万分，但还是听懂了施工人员的意思。是啊，毕竟只是一只猫，谁会为了一只猫而造成无谓的损失呢！若是换了更不负责的人，完全可以不管猫的死活，严格按照规定程序施工，待人可以进去时，再将死猫往路边一扔，一切万事大吉，没有人会说这样不对，谁叫这只猫自己要“勇闯沥海”呢？

听完情况介绍的警官，似乎也感受到了施工人员的恻隐之心，以及他们为工程质量考虑的周全之意，当下就转身瞪了一眼安迪，大声说：“吼什么吼？人家不是在想办法吗？还不赶快回去把梯子拿过来！”

我原则上一个月去一次监狱。我上次去是在月底，就是和安迪的老难友撞车的那 回。后因这个月下旬要陪母亲出去转一转，就选择了月初去。结果我这次去，与上次同安迪见面只隔了一周时间。当时我一点没想到，仅仅才过一周，监狱的猫界就出了大事。

“是的，救援过程很简单，”声音略显嘶哑的安迪，在介绍完情况之后说，“监区有几种不同高度的梯子，我回去搬来一把最长的，刚好可以架到离汤姆叔叔不远的地方，然后借助铁铲将它连同沥青一起铲了起来。”

“当时汤姆的情况怎么样？”我明知不会好到哪里去，但还是想知道现场的情形。然而，安迪并没有马上回答我，而是沉默了几秒钟，然后才感叹地说：“生命啊，生命！杰克，你知道生命有多顽强吗？从我听到第一声猫叫，到最后将汤姆叔叔救起来，我算了算，有十多分钟。你想一想，在150度的高温路面上待了这么长时间，汤姆叔叔居然一直昂着头！一直昂着！它的腹部及两只后腿，已全部与沥青融为一体了，连颜色都化为一体了，黑得根本分不出是沥青还是皮毛，但它的两只前腿竟一直以半跪的方式撑着，它的头也一直昂着。”说到这里，安迪的声音虽略显干涩，但神情相当庄重，“我在想，或许它自己知道，只要它头一落地，一切就都完了。”

待安迪按照警官的安排，将汤姆叔叔带到原五监区旁的隔离带时，汤姆叔叔一直昂起的头，终于垂到了地面上。安迪告诉我，直到这时，他才仔细察看了汤姆叔叔的伤情，他感觉它的下半身都被烫熟了，手靠近还感觉灼人，整个猫已了无生气，只有两只眼半垂着，而嘴里还残存着一丝气息。

安迪说，当时在场的警官也不禁叹气，随后就吩咐安迪挖个坑，将它埋了。我乍一听忙对安迪说：“可汤姆还没死啊！”安迪点点头，在玻璃里面对我摆摆手，“我知道，我其实明白警官的意思。他当然知道汤姆叔叔已救不过来了，意思是叫我处理善后，并不是说马上就要埋了。”果然，安迪告诉我，等他将坑挖好后，汤姆叔叔已闭上了眼睛。当时警官还过来看了看，在确认汤姆叔叔已死后，才示意安迪可以将它埋了。安迪说到这里，语气突然一下变了，看得出他正用力攥着电话，声音变得急促而激动，生怕我听漏了似的，竟重复了两遍：“杰克，杰克，你以为事情就这样完了吗？你以为事情就这样完了吗？事情的结果可不是这样！你知道吗？当我用铁铲将汤姆叔叔放进坑里时，奇迹出现了……”

在安迪断断续续的描述中，我才明白奇迹是这样出现的。据安迪说，他当时用铁铲搬动汤姆叔叔时，是不想再惊动它，准备原样不动地将它放在坑里。但没想到，他那时手一直在抖，结果铁铲稍稍倾斜，加上沥青的黏度和猫身的重量，汤姆叔叔一下就滑了下去，它的头刚好落在了土坑的壁沿边上，看上去像是一只猫正往上爬。正是这一不经意的放置，安迪惊奇地发现，汤姆叔叔遽然睁开了眼睛。

听到这里，我不禁吸了一口气。安迪说，这真是现实生活中发生的事情。为了证实汤姆叔叔的死活，他还俯下身去，用手轻轻抚摩它的脸庞，看它是不是真的还活着。没想到，让安迪大吃一惊的是，汤姆叔叔不仅眼睛在动，竟然还将舌头缓缓地伸了出来，艰难地试着想去舔安迪的手，而那可怜的眼神，似乎正在说："救救我吧！"

"天哪，杰克，汤姆叔叔当时真的复活了！它真的在求我救它！我感觉汤姆叔叔好像舍不得咽下最后一口气！"安迪在电话里为我描述这一刻时，看得出来他的内心当时简直要崩溃了，"生命，真是难以想象啊！那么顽强，那么固执，那么令人不可思议！杰克，它都成那个样子了，你知道我怎么可能救得了它？！说实话，那天的这一幕对我触动太大了，我不禁感叹生命的伟大，更联想到我们失去的自由。现在看来，虽然我暂时失去了自由，但至少还活着，而它们呢？它们几乎每一天都面临着生死的考验：或为了争夺领地，或为了追求幸福，或为了求得生存，或为了保护后代，它们一直在命悬一线的生死场里苦苦挣扎，相比之下，我们早就赚了！所以说，我们没有任何理由不好好活着，活着走出监狱，活着迎接自由！"

安迪激昂的情绪渐渐感染了我，若是换在过去我们面对面交谈时，我可能会站起来紧紧地拥抱他一下，而现在隔着厚厚的玻璃，我只能紧握拳头，用力地向安迪摇了摇。安迪看出我内心的波澜，同样以拳头示意，接着转到刚才的话题："当然，汤姆叔叔的这种生理反应，当是我们所说的回光返照。只不过这一次，却给我出了一道难题。”

安迪说，那天监区的事很多，故此，当汤姆叔叔死后，警官就要求他尽快处理完现场，然后回监区去参加劳动。然而，现在汤姆叔叔毕竟还活着，用安迪的话来说，总不可能将汤姆叔叔活埋了吧？但警官和安迪都知道，汤姆叔叔是不可能救活的了，但又不能这样拖着。最后，警官说了一句话，原话是“真是太可怜了，要不就这样先放着”，意思就是顺其自然，等它咽气后再来掩埋。安迪说，这本是当时所能做出的最佳决定，但安迪却有自己的想法。他说，此前在为汤姆叔叔挖坑时，他就选择在了泰山和甘地夫人的坟边，他一直想自己能亲手将它埋葬在它的亲人旁。可汤姆叔叔的现状和警官的决定，着实让他感到非常为难。他非常清楚，只要他一离开，后面怎么处置汤姆叔叔就无法预料了。正是这起起伏伏的思索，竟使安迪产生了让汤姆叔叔安乐死的想法。

“安乐死？你想让汤姆安乐死？”我突然觉得安迪的想法太多了。但安迪严肃地告诉我，他当时确实有过这一想法，一来可让汤姆叔叔早点结束痛苦；二来自己可亲手埋葬它。他还对我说，他很后悔当初为什么没问一下串串，欢欢最后到底是怎么落气的。

一提到欢欢，安迪的语气就充满了伤感，他说，汤姆叔叔和欢欢在生时是一对好朋友，就连死都是同样的结局。它们俩一个是内伤，一个是外伤，均惨烈无比，又无可挽救，只能眼睁睁看着它们走向死亡。安迪动情地说，现在回想起几次看到它们玩耍的情景，他脑子里就充满了许多浪漫的遐想：想象它们一起出游，一起做伴，一起嬉戏，它们超脱世俗、不惧生死的行为，跨越了物种的界限，打破了监狱的规则，消除了两代的代沟，延续了至纯的友谊，绝对是让人难以忘怀的动物之间的真情。正是因为想到了欢欢，安迪说，他当时就下意识地与汤姆叔叔道别："汤姆叔叔你就早点走吧，欢欢已先走了，你也去吧，去与它做伴，你们在天国里还会是好朋友。"

"那最后到底怎么收的场？"安迪看着我，眼睛忽地眨了眨，似乎在笑我的迟钝，"你难道没注意到我刚才说的最后一句话吗？杰克你不知道，这世间真的就有这么神奇！就在我说出'欢欢已先走了'这句话之后，汤姆叔叔的头终于歪到了一边。"这回着实轮到我惊讶不已了，感觉自己已找不到精当的语言来表达，只知道喃喃自语："的确是太离奇了，这简直就像是小说描述的情节！那……那最后还是你亲自埋葬的它？"安迪点了点头，轻声说，就埋在了他父亲和妹妹的身边。

"杰克，你知不知道，"安迪若有所思地说，"汤姆叔叔最后匪夷所思的表现，既让人心痛，又引人沉思。它之所以一直坚持到最后，说不定就是在想，它若死了欢欢怎么办？"安迪说，他通过汤姆叔叔的行为，认为动物其实是有信念的，而非简单的意识。他说，日本有个家喻户晓的"忠犬八公"的故事。讲的是20世纪20年代，一只名为“八公”的幼犬被东京大学的教授收养，感情笃至。每天早上教授从涩谷登车到东大上班，八公均在车站送接，这一习惯保持了四年。有一天，教授在回家途中心脏病突发去世，但八公依然到车站等候，之后无论搬迁何处，八公都始终不渝去车站守候。十年之后，八公年迈，下雪天也仍在车站边坐等，直至死去。后来，人们为了纪念这只忠诚的义犬，就在东京涩谷车站树立了一座八公的铜像，现称“八公入口”。

安迪对此的研究，没有停留在表面。他说，八公十年的坚持，实际上已从动物简单的意识层面，上升到了信念的高度，它如此忠贞如一、坚守如斯，就是坚信它的主人还会回来，动物这种令人类都难以理解的行为方式，还可以找到佐证。安迪说，德国研究人员写过一本书，叫作《动物有意识吗？》，从生物学、动物学、心理学等方面对这一问题进行了深入研究。书中谈到了许多令人难以置信的动物行为，认为这些行为若不从情感和思维的角度考虑，是无法做出合理解释的。为此，安迪为我转述了书中记载的两个案例。

在肯尼亚沙漠，一只小猫鼬在战斗中前爪负伤，走路艰难，不能捕食，日见衰弱。于是，其他猫鼬就把捕到的小虫子与它共享，帮它舔擦皮毛，清洁卫生。在小猫鼬气息奄奄时，别的猫鼬都依偎在它周围。小猫鼬死去后，同伴一直守护数日，才慢慢散去恢复正常生活。安迪介绍说，猫鼬就是狐獴，动物纪录片中常有它们一大家子拱手站立的镜头，非常可爱，喜欢群居，虽然其进化并非处于动物的最高端，但它们的同情怜悯之心着实让人惊讶。另一案例是，意大利那不勒斯动物实验室养着一只章鱼，每天清晨，实验员穿着白大褂去喂章鱼，章鱼总会游过来迎接他，人们以为白大褂可能是章鱼识别人的标志。于是，实验员就脱下白大褂去喂食，但章鱼仍旧出来迎接。随后，换了一个人穿上白大褂去喂食，章鱼就没有反应了。这项实验惊人地表明，章鱼是通过人脸来识别实验员的。安迪说，人脸识别于动物而言，可以说是相当复杂的认知技术，章鱼位于动物进化底层，能具备如此高级的认知能力，完全出乎人们意料。该书作者最后呼吁，人类应彻底反思对待动物的态度，从而建立起一种人与动物的崭新关系。

安迪称，在看了这些案例后感觉非常震惊，他由此认为，汤姆叔叔回光返照、顾念欢欢的行为，就是它的潜在意念在起作用，这颇似人类的惦记意识。进化论的鼻祖达尔文就曾明确表示，动物是具有某种“判断力”的。在达尔文看来，动物是拥有意志和愿望、具备感觉和想象力的生灵，有着与人相似的精神和心理活动。

尽管这些年我开始关注动物的喜怒哀乐，但对动物的理解，还远未到达理论的高度和实践的深度，对安迪所作的研究，也只是在认知上表示赞同。当然，我绝对相信安迪的观察能力和思考能力，更不会怀疑他诚实的描述。与之相反，在这些年我与他的交流中，我一直能够感受到他身临其境的敏锐判断、缜密分析和理性思考。

关于是不是泰森犯下的罪行，安迪非常肯定地告诉我正是如此。他说，其实还不能完全推到泰森身上，这当中汤姆叔叔的执着占了大头。安迪说，串串曾告诉他，自从欢欢死去后，汤姆叔叔就时常出现在监管区大门的水池一带。而那段时间，因六监区门前施工，安迪他们走不到水池那边，所以都不太了解汤姆叔叔的近况。直到有一天，对此十分留意的串串跟安迪讲起这件事。据串串讲，欢欢走后的那几天，他几乎每天都看见汤姆叔叔在水池边转悠。说它是在这儿闲逛吧，但又像是在此觅食，感觉并无异常之举。但你要说它真是在找吃的，可串串又发现，汤姆叔叔经常向他们这边张望，有时甚至会一动不动地看上半天。安迪说，据串串揣测，汤姆叔叔说不定根本就不知道欢欢已死，它到此等候，自然是还想找欢欢出去玩耍。而汤姆叔叔在水池边的举动，必定引起了泰森的注意，然后瞅准时机，出其不意发动偷袭，最后导致汤姆叔叔慌不择路，被逼进了死亡的“沥青之路”。

我算了一下，汤姆叔叔死时，刚好距欢欢之死一周。突然，我想到了一个问题，那就是为什么苔丝死后，汤姆叔叔没有任何表现，而欢欢的离去却让汤姆叔叔如此痴痴寻觅？对此安迪认为，汤姆叔叔虽与苔丝是夫妻，但在猫界，夫妻一场的结局，就是相忘于江湖的开始，而且苔丝死于突发事件，汤姆叔叔又不在场，这样的结果，恐怕汤姆叔叔并不以为意，正如之前所说，它的悲伤只有它自己知道。但欢欢则不同，它既是汤姆叔叔的玩伴，彼此又共过患难，这份情谊于猫界、狗界而言，皆已是莫逆之交、忘年之交、生死之交，它如此牵挂、舍身相守，以致最后殆命而去，就不足为奇了。

“汤姆叔叔一死，泰山与安娜所有的孩子都死了。唉，杰克，我们每次见面都说了不少伤心的事，现在，就让我告诉你一个好消息吧。最近，监狱的大姐大安娜又下崽了！你看，这儿刚刚逝去，那儿就接力诞生，生命就是这样一代一代延续下去的。杰克，相信我，只要活着，我们的生活就会充满希望！”当安迪向我挥手告别、走出接见室时，我发现他的腰挺得很直，步伐轻快，精神抖擞。

# 下卷

# 安娜

这些年，身体壮实的安娜几乎年年产崽，只是监狱环境恶劣，存活不到三分之一，而这次安娜则生了三只小猫。但奇怪的是，安迪怎么也猜不出，它们到底是谁的孩子。三只小猫，三个模样。一只花猫，跟安娜一样。一只黑猫，大概与汤姆叔叔差不多。一只麻猫，跟当年的泰山有点像，或者说跟脸上有伤疤的麻猫一样。怎么回事？安娜不可能跟三只公猫都有一腿啊！

其实，母猫生的小猫花色，不仅跟它自己有关，也跟公猫有关，还跟爷爷奶奶外公外婆都有关，任何一种颜色的猫，都可能生出五颜六色的猫来，而不是我们想象的，白猫就一定生白猫，黑猫就一定生黑猫，这是猫的家族遗传基因在起作用。但不管怎么说，总是有了下一代，监狱猫界又呈现出生机一片。

不过，自从搬到新监区后，猫们除了中午还继续有午餐外，已不能再像过去一样，晚上可以到二楼平台讨吃的了。过去的老五监区，大楼铁门是用角钢做的，缝隙很大，成年猫可以轻易进出。而六监区现在安装的是不锈钢门，缝隙很小，一旦大门关闭，猫咪就不能再进大楼。于是，每天晚上八点左右，大大小小的猫咪，就一齐来到监区的操场，自觉地蹲在地上排成一列，等待上面的“消夜雨”——这个词是一个牢友发明的。每天这个时候，楼上楼下喜欢动物的牢友，都会拿出自己的食物，诸如火腿肠、牛肉干、鱿鱼丝之类，有人甚至把晚上的剩菜也拿出来，大家像下雨般地往下投食，场面蔚为壮观。

相比老虎、狮子乃至狗而言，猫可以说是最温文尔雅的动物，它们从不争食，彬彬有礼。安迪注意到，当两只猫跑向同一块食物时，稍晚一点的猫就会主动退出，而在这方面的代表，则首推安娜。安娜不愧为猫界领袖，颇有风范，几乎从不和其他猫争食。一般情况下，直到有什么东西送到它的跟前，它才不紧不慢地享用。事实上，安娜为了它刚产下的小宝贝，几乎是早出晚归，到处觅食，而且胆子随着年龄的增长、阅历的丰富越来越大。安迪听伙房的牢友讲，有一次，安娜甚至闯进了狗群的领地，待泰森追出来时，它已机敏地爬上了树，没有丝毫慌乱。

监狱教学楼前的广场相当开阔，是监狱集会的场所，可容纳上千人。广场四周种了许多树木，有黄桷树、银杏树、桂树、榕树、椰子树、槐树、香樟、木棉树、梧桐、雪松等。安娜身子壮硕，平时除了泰森，其他的狗它一点不怕。但若遇上了泰森，它有自己独特的逃生本领，那就是上树。只要一上树，任泰森再凶，也只能在树下干瞪眼，而这一招，它在梵高被袭那一次就使过，可谓屡试不爽。然而，就在冬天快要结束之际，安娜的这一招失灵了。

安迪记得是大年刚过，那天，安迪埋头做完清洁已快十一点，浑身做得大汗淋漓。他刚回监舍换了一身衣服，准备下楼去推饭时，正好碰上花木组的牢友回来，告诉了安迪一个不幸的消息：安娜被泰森咬死了！

安迪当时听罢就僵在那里，脑子里只有一个概念：怎么可能？怎么可能？算起来，安娜已是监狱里最年长的猫了，曾与泰山出生入死，可谓身经百战，而且它一直保持着高度的警惕性，具有多年锻炼出来的防范能力，更何况自己才刚生了三只小崽崽，怎么可能如此不小心，竟让泰森得逞？这些年，安娜一直在与泰森周旋，从未有过失手，它是一位非常小心谨慎的母亲，只要是在它的控制范围内，任何狗都拿它没办法。

但没想到，答案竟然出乎意料地简单：当天起了大雾。

那天是个阴天，早上安迪在食堂洗碗时，天气还好好的，只是感觉云层较厚。未料就在他回监区做清洁时，外面突然下起大雾。尤其诡异的是，这场突如其来的大雾，大概只停留了两个小时，中午过后就雾散云开，下午太阳还出来了。据花木组的人讲，他们在环道打扫路面，眼见大雾一笼一笼地过来，雾最浓的时候，几米开外都看不见人。中途他们就听到附近有异常的怪叫声，有人还说是泰森的声音，但谁也不知发生了什么事。后来，当他们做完清洁，准备穿过广场去倒垃圾时，才意外发现安娜倒在广场的边缘，全身上下都是血，看来刚死不久。

因要去推饭之故，安迪只简单问了问情况。花木组的人说，当时警官也在现场，就安排花木组直接把安娜拉到了垃圾场。监狱原来那座两层楼高的垃圾场，因扬尘较大，气味四散，蚊蝇繁殖，早在几年前就已拆掉了。现在所谓的垃圾场，其实就是一个封闭的车厢，垃圾车每天来一次，把装满垃圾的车厢拉走，再留下一个空车厢来装垃圾。花木组的牢友说，他们找了个黑塑料袋将安娜包住，直接放在了垃圾车里。

那天中午，安迪去推饭时看见了泰森。泰森当时就在狗舍的旁边卧着，身上还有血迹。安迪因为知道此事，就特别靠近注意观察，发现泰森精神亢奋，浑无痛楚之感，似已表明了它的胜者姿态。其后等安迪他们装上饭菜，离开伙房时，他看见伙房的人正在给泰森冲洗。安迪发现，泰森的脖侧有一团血印，耳背有几道血痕，而身上有好几处非常明显的抓痕。这些伤痕印在足够强大的泰森身上，可见它与安娜当时搏斗之激烈。

直到中午回来吃饭时，安迪才向花木组的人详细询问了当时现场的情况。据说，当时现场非常零乱，几十多米长的地面上，到处都是脱落的毛发和零星的血迹，最后一直延伸到广场边，而安娜就是在那里被发现的。“很惨，都不成猫形了！”邻桌的花木组牢友告诉安迪，从安娜死时的状况来看，它生前与泰森做过最顽强的搏斗和最激烈的反抗。它背部一侧脱落下很大一块皮肉，身上到处是窟窿，脸上更是血肉模糊，有一只眼珠都不见了。只要是在现场亲眼见过的人，几乎可以一眼就认定，安娜已必死无疑。

耳闻安娜死时的惨状，联想自己看到泰森身上的伤痕，安迪心里好像已没有悲哀，而是彻底凉了。两大群体为了世仇展开的最后决斗，结果仍是泰森占了上风，这既预示着安娜时代的结束，更预示着猫界的末日已然来临。

残酷无情的事实证明，在这座监狱里，泰森依然是独霸天下的王者。

鉴于电话接见时间缩短了许多，我和安迪每次见面，除了必要的寒暄之外，都喜欢开宗明义，直奔主题，这次同样如此。在安迪为我讲了安娜的事后，除了震惊和痛心外，我一上来就问了一个大为不解的问题：“怎么会这么巧？”

安迪对此大有同感。据他事后推测，一定是安娜在觅食时遇上了大雾，结果与同时出现的泰森相遇。由于大雾看不清四周，安娜无法及时找到大树，结果被泰森咬死了。安迪说，大年过后还有这么大的雾，在重庆的冬天已很少见。而在这样的大雾里，就像花木组的人所说，监狱这么大，几米开外大家彼此都难以看清，安娜怎会这么巧就与泰森相遇？而即便是大雾，若是在一棵大树下相遇，安娜又怎会惨死在泰森手里？

“那会不会是泰森在暗地里追踪呢？”我听说了泰森的许多事，包括在路上伏击汤姆叔叔，总觉得它太过狡猾，说不定一直就在跟踪安娜，但安迪不这么认为。他说，谁也没有能力预见这场大雾，可能就是双方都在漫无目的地觅食，结果没想到，在偌大的监狱，在短短的两个小时以内，它们的相遇真像中了大奖一样，真可谓冤家路窄。

在我的心目中，泰森早就是一个十恶不赦的超级敌人，一听安迪说到它心里就恨得直痒痒。“喂，安迪，你经常去伙房，恐怕还是有机会接近泰森吧？怎么不想点办法，为安娜，还有泰山，还有这么多的猫教训它一下？”安迪听罢苦笑一下：“杰克，这是监狱。正像我给你说过，动物之间的争斗，永远没有对与错，我怎么可能去干这种事？假若我真干了，就是与伙房所有的人作对，甚至是与监狱作对，可能吗，兄弟？我们只能在提前预知或是在现场的前提下，进行必要的干预，一旦既成事实，我们就只能接受，没有别的选择。”

安迪说，平时他们去伙房，几乎都是装完饭菜就走，偶尔有点耽搁，他才会去逗逗小狗，但从不与泰森接触。而泰森呢，似乎也从他眼里读出了敌意，从不主动亲近安迪，好似他们八辈子前就结下过梁子，有时让安迪都觉得有点好笑。安迪说，安娜有此一劫，或许真是老天安排。他认为，即使没有这场大雾，作为狗界和猫界的领袖，这场对决恐怕迟早也会发生。安迪表示，他最大的遗憾是当时不在现场，虽然已无法改变结果，但若有机会说服警官，他或许会把安娜埋在泰山的身边。

我相当理解安迪的心情，想到坚持了这么久的安娜仍遭不幸，再想到它的孩子们，心里就钻心地痛。“那三个小家伙怎么样了？”说到安娜的后代，安迪不禁一声长叹。安迪说，安娜在监狱算是老猫了，它养育小猫的地方，感觉像是人人都知道似的，不是什么秘密，这亦说明安娜自己是有底气的，也是有能力保护它们的，绝不像当初的甘地夫人那样。

安迪告诉我，教学楼底楼有一间很大的展示厅，用于展示监狱的基本情况、各种荣誉及部分产品。每次有来监狱开展警示教育的单位，都会先到这里了解监狱的全面情况，然后再上六楼到警示教育厅，听监狱里的犯人进行现身说法。进入展示厅，迎面有个凸出的展示墙，上面是教育展示厅的招牌字样。它的侧面有道小门，可进入到凸出部分的里面，是间仅一两平方米的小屋，非常狭小，连人转身都很困难，里面摆着音响及各种电器设备。这儿便是展示厅灯光音乐的总控室，安娜育儿的地方就在这里。

我听了不免觉得惊奇：“安娜怎么会在这儿养育孩子？它不怕人来吗？”安迪说，其实到这儿来的人极少，平时若有人前来参观，在小屋外面的墙上有个电源总闸，推上去就行了。而小屋室内的设备，一般要到调整展示厅的布局或更换灯光时，才会有人进到里面来。“你有所不知，安娜其实相当聪明。”安迪说，这间小屋相当封闭，上面还有一扇窗户，平时都关得紧紧的。底楼方便进出，屋小又比较暖和，小猫不会爬至高处摔到或是走失，本是个极好的哺育房。安迪说，正是因为他们知道，所以才能在安娜走后，及时去照料它的孩子们。

安迪告诉我，自从安娜死后，他就多了一项任务，这就是每天与卫生员一道，给小猫们送去食物。在这一点上，安迪特别向我提到，他是从内心感谢监区和警官的支持，如果监区不同意，安娜的孩子们可能早就饿死在这儿了。那段时间，安迪几乎一天不落地去教学楼送吃的。他会把牛奶倒在一个大盆里，再装上几根火腿肠或是牛肉干，而这些东西，全是监区犯人捐赠的。

听到安迪讲到这里时，我突然冒出个问题:“这些小家伙怕你们吗？”说到这些小猫，安迪的情绪大有好转。他说，他第一次和卫生员去，找这些小家伙还找了半天。当时地上堆着许多废弃的装饰材料，有纸板、写真纸、旧木条等，看起来像是一次小改造遗留下来的，也不清楚为什么没有清理，而这些小家伙就躲在里面，能听见它们细微的响声，但就是找不到它们。安迪就把牛奶盆放在地上，然后假装出门。一会儿，一个小脑袋就从废物堆里探头探脑地冒出来，接着两个、三个，全都在警惕地观察，直

到它们觉得安全了，才慢慢跑到牛奶盆边，开始吃起来。安迪说：“这些小家伙真是乖极了！看到它们吃得欢快，我心里真有说不出的高兴，感觉像是做一件功德无量的事！”可是，安迪说着说着，声音就开始低沉下去，到最后几乎又恢复到这次见面最初的状态，“唉，这儿实在是无法与外面相比，我们每天只能去一次，除了能给它们一点吃的外，其他什么都做不了，它们依然处于自生自灭的状态，而这一切都是因为它们失去了母亲。”

据安迪讲，大约半个月后，安娜的三只小猫就只剩下了一只，黑猫和麻猫全死了。黑猫死在了外面的窗户下，既不知它是怎么跑出去的，更不知是怎么死的。而麻猫呢，则是直接死在了屋里，同样连死因也没搞清，只有那只小花猫活了下来。

为祈祷这只小猫健康成长，安迪一改以前的做法，为它取了个贱名，叫作扯拐。安迪解释说，过去他为这些猫取的都是洋名，听起来很高大上，仿佛个个都留过洋，结果没一个善终，于是就想到了贱名。他说，过去人们习惯给孩子取贱名，其实是与迷信、苦难有关。人们认为，人生病都是鬼怪作祟，若起个难听的贱名，就会引起鬼怪的厌恶而放过他们。若是因生活艰难，老百姓就希望他们的后代能像狗、牛、羊一样，不管生活多苦多累，都能贱生贱长，平安度日。因此，民间通常的解释是，贱名好养活。但为什么取个扯拐的名字呢？安迪说，是因为这只猫的确有点“扯拐”。

安迪告诉我，扯拐是只母猫，但不知怎么回事，它完全没有继承安娜的优点，反而感觉脑子有点不太正常，经常会做出一些令人难以理解的动作，比如本来好好的，突然自己就撞向墙壁；有时会张着嘴在原地转圈，一副傻乎乎的样子；有时又会用爪子使劲刨水泥地，有一次甚至看到它对着墙一动不动，似在面壁思过。总而言之，在他的眼里，这只小猫脑子有点不好使，故取名扯拐。

作为重庆人，我对扯拐一说并不陌生。扯拐是四川方言，意思就是“出毛病了，出问题了”。比如，家里的电视一会儿没声音，一会儿没图像，人们就会说这电视经常扯拐，需要修理一下。反过来，若是有人说：“我这人做事，从不扯拐！”那意思就是拍胸口，表示绝不会出问题。不过，安迪表示，取这个名字本无歧视扯拐之意，常有牢友问起，他就说这只小猫只是有点不靠谱，但名字虽贱，还是希望它平安成长。过去，人们喜欢取狗蛋、虎妞之类的贱名，而安迪恰恰想避开动物的称呼，他说，他经常这样安慰自己，既是扯拐就使劲扯吧，扯着扯着慢慢就拉扯大了。

## 扯拐

当初，安娜三只小猫都在的时候，安迪故意没有清理小房间的杂物，是想让它们在废物堆中有种安全感，哪怕偶尔有人进来，也不会马上发现它们。等到只剩下扯拐时，安迪反而觉得杂物堆在一起太不安全了，怕万一垮下来伤到它，就和卫生员将杂物全部处理掉，还彻底做了一次大扫除，又从监区找来一只小纸箱，作为扯拐的家。看见扯拐在纸箱里扑腾，安迪相信，之前安娜丢失小猫的事，当不会再发生了。安迪这次选的纸箱虽然不大但很深，足够扯拐在里面活动，绝对跑不出来，而且还在里面铺了块旧毛巾：呵呵，在安迪眼里，这个新家堪称完美！

一段时间来，每天坚持给扯拐送吃的去，成了安迪雷打不动的功课，而每次与扯拐短暂的相聚，也成了安迪一天中最开心的时刻。安迪去后都会守在纸箱边，看扯拐吃东西，还与它玩耍。久而久之，扯拐便和他熟络起来，有一次甚至还抱着安迪的手指头啃，让安迪高兴得不得了：至少在这一刻，安迪觉得，自己是不是在监狱已变得不重要。

一天，当安迪他们又上门时，发现纸箱倒在地上，扯拐不见了！“看来是它弄倒了纸箱，从里面跑出来了！”卫生员随口的一说，顿时让安迪的脸红到了耳根：自己在人家面前炫耀的新家，竟然如此不堪一击，几年前在安娜身上犯下的致命错误，竟然延续到了现在，哼哼，还说什么“这个新家堪称完美”！显而易见，这种纸箱确实容易被推倒，怎么当时就没想到这一点？为什么一直认为是最佳的选择，到最后总会有这样那样的疏漏？自己不是留学的海归精英吗？自己不是自诩通晓天下吗？若是这次扯拐有什么不测，怎么向大伙交代？一想到这里，焦虑就从四面八方向他涌来。

检讨归检讨，找到扯拐才是硬道理。好在房间不大，而一阵轻微的吱吱声，让安迪在音箱后面的墙角隐蔽处，发现了一只白色的塑料袋。他一拖出来，就看见了正被困在里面的扯拐。“扯拐脑子真的有问题，明晓得塑料袋不透气，还要去钻？若不是我们今天来，怕是已被闷死在里面了！”卫生员一脸费解，直咕哝。

“上次打扫卫生，可能我们都没注意到这个死角。”安迪一边自我掩饰，一边想起上次做大扫除的情形：这就是我的“彻底”？这么小一个地方，竟然连一只塑料袋都没发现？唉，是需要好好反省一下，这可是安娜最后的血脉，绝不能有任何闪失了！困住扯拐的塑料袋较小，可能是它在里面折腾之故，导致塑料袋扭成一团，感觉已阻断了外面的空气。安迪赶紧把塑料袋撕开，看见扯拐先是瘫在地上，几乎同时骨碌一翻就站了起来。“看来它在里面待得不久。”安迪长出一口气，拎着扯拐放进了纸箱。

“其实，这怪不得扯拐。我小的时候，我妈妈就曾告诫我，说猫特别喜欢钻塑料袋，叮嘱我千万不要到处乱扔！”在回监区的路上，慢慢从沮丧中恢复过来的安迪，开始自信地向卫生员解释了这种现象。他说，塑料袋里的食物味道，遮风挡雨的生存需要，喜欢包裹自己的安全感，弄出哗哗声的好奇心，乃至袋子里朦胧光亮的诱惑，都是许多猫爱钻塑料袋的原因。但若是钻进比较小的塑料袋，猫就完全有可能被闷死在里面。“看来扯拐长大了。”安迪和卫生员一路商量着，准备明天换个大点的纸箱来。

大约过了一周，监区接了一批组装风扇的任务。作为老年犯监区，平时车间的劳动改造相对轻松，但若遇到这种突击任务，整个监区就会全部行动起来。安迪他们在完成本职劳动后，也同样被抽调到车间，参加风扇的组装劳动。这次任务有时间和数量上的要求，各岗位都做了明确分工，安迪就没时间给扯拐送吃的了。他把这一情况向监区反映后，监区同意由花木组接手，安迪的送食工作遂告一段落。

那段时间安迪一天两头跑，虽然累点倒没什么，但最不习惯的就是抽烟。在监内抽烟没有限制，而在车间则完全是两码事。

车间规定，只有在上午十点和下午四点这两个时间点上，犯人才能在厕所外的盥洗室里抽一支烟。这一规定对烟瘾极大的安迪来说，确实是一件十分痛苦的事情。因此，安迪每天都不会错过这一宝贵时间。

一天上午，安迪像往常一样抽完烟，正准备回去继续劳动时，突然听到一声熟悉的猫叫声，“好像是扯拐！”安迪一惊，还以为是自己产生了幻觉。待他走出盥洗室，经过车间大门时，竟然看见车间大门外的窗户上，扯拐正定睛看着他。

六监区的车间在二楼，车间大门正对着廊道的窗户。安迪乍一看，啊的一声嘴张得老大，他简直没想到，才一个月大点的小屁孩，竟然就敢直接到车间来，胆子恁大，看来脑子真是有毛病了！“扯拐怎么会从房间跑出来？这里又没有糨糊，跑来干什么？”安迪当时以为扯拐是来找吃的。然而，令安迪大为意外的是，此后扯拐每天上午和下午，都会选择他抽烟的时间来车间，而且只待几分钟就走，一直到生产任务结束。

既不是来找吃的，也不是来玩的，而是专程前来看望，这大概就是扯拐对安迪此前细心照顾的回报。后来，安迪专门去问过花木组的人，他们说扯拐一天天长大了，纸箱已不再是它的篱笆墙，而变成它的家了，总有一天它还是要出来生活，所以，他们就在纸箱下面开了个小口，让它可以自由进出。能够见到扯拐，当然是件天人的好事，安迪也默认了花木组的做法。

监区风扇组装任务完成后，因花木组送食更为方便，安迪就没有再接手了。一天上午，花木组的牢友回来后告诉安迪，说扯拐不在小房间里，不知又跑到哪儿去玩了，他们只好把吃的留下。但随后令安迪惊喜不已的是，当天中午，扯拐竟独自跑到监区蹭饭来了！

扯拐来的时候，安迪正在分菜，听牢友说后竟有些激动："它终于知道来监区了！"开饭后，安迪就迫不及待地端着饭碗出来，寻找扯拐。安迪心想，你说它脑子有毛病，但它却能自己找来，而且似乎还知道这儿有吃的，看来扯拐一点都不扯啊！

搬到六监区后，因场地比原五监区还小，操场边上就没再建花台，取而代之的是，靠着监区的铁网边上，摆了一圈一人高的盆栽植物，有米兰、金弹子、山茶花、铁树、文竹、吊兰、滴水观音、栀子花、鸭脚木等。现在安迪喂猫的地方，就改在了监区转角的狭小空地上，刚好介于米兰和铁树的盆景之间，猫们再无藏身之地，安迪很快就找到了躲在铁树花盆后面的扯拐。

那天中午，监区供应的是泡椒兔，属于自己掏钱买的营养餐，安迪就挑了几块小的扔给扯拐。或许是第一次来监区还有些害怕，起初，扯拐东躲西藏就是不出来。后来，大概还是抵挡不住食物的诱惑，扯拐才试着伸出爪子，慢慢将兔肉扒拉到自己面前，吃一口抬一下头，吃着吃着就走了出来，见了安迪也没有一丝不安，有时还会冲着安迪哆哆地叫几声，仿佛撒娇一般，安迪那个高兴劲就别提了。

从此以后，扯拐天天中午都来监区吃饭，安迪就专门给它开小灶，好鱼好肉招待。一天中午，不知什么原因，直到安迪把碗都洗完了，扯拐才姗姗来迟，而且竟然来到食堂寻找安迪。哪知，那天中午没有营养餐，是监狱提供的回锅肉，安迪此前收集的一点肥肉，都被其他猫吃了。但是，扯拐似乎并不甘心，安迪走到哪儿，它就跟到哪儿。联想当初，安娜中午同样来晚了，安迪准备去找吃的，可安娜却不领情，扯拐的表现让安迪感动得一塌糊涂。最后，安迪只好叫牢友扔了根火腿肠下来，才让扯拐满意而归。

当天下午，安迪去推饭，刚出监区大门走上那段新路时，扯拐突然从一旁的草丛中钻了出来，然后就跟着他走，一直走到水池边，才又跑进草丛中。而当安迪推饭回来经过水池时，扯拐又从草丛中钻出来，一直陪着他回到监区才又离去。“扯拐在撵你的路啦！”牢友开起了安迪的玩笑。有着多年养猫经验的安迪，对扯拐的这一举动可谓大为欢喜，他非常清楚，猫和主人不是主从关系，因而猫不像狗一样，可以听从主人的命令行事，有时候你怎么叫它，它都当没听见。但另一方面，猫则可能会把主人看作父母，或像小孩一样撒娇，或会爬上主人的膝盖，尽显娇态。扯拐能够跟着他撵路，则说明扯拐对他已有亲人般的感觉，而这种感觉可视为人与猫之间开始有了一种纽带式的亲密关系。只不过，当时大家谁都不会想到，扯拐后来居然会撵到舞台上去。

那是在五一节，监狱组织犯人开展红五月歌咏比赛，地点就在中心广场，安迪有幸担纲监区的合唱指挥。安迪家里早年殷实，小学、初中上过不少课外培训班，到了英国后，又经常参加社区组织的演出活动。这些培养对他锻炼很大，而今到了监狱这种环境，他各方面的优势便不断显现出来。加之，原来的指挥刚出狱，很有乐感的安迪便成为不二人选。

那天，六监区演唱的歌曲是《没有共产党就没有新中国》。这是首老歌，大家都很熟悉，按理说指挥难度并不大。但是，安迪毕竟是第一次担任指挥，而且是指挥一帮老年人唱歌。平时他们排练都是在封闭的食堂，大家围在一起，声震天外，自我感觉不错。然而一旦放在开阔的广场里，全场噪声不断，声音外散，安迪连他们的声音都听不见，一下就慌了心神，连节拍都打不出来。在唱到“他坚持抗战八年多，他改善了人民生活”时，安迪突然觉得指挥不下去了，越来越快的节奏已将他拖入手舞足蹈的狂乱之中。正是在这个时候，扯拐突然登场，而且一下就站在了演出场地的中央！

说扯拐脑子有点毛病大概是真的。那天它突然窜到场地中间，是谁都没注意到、更不会想到的事情。试想，监狱里的任何一只野猫都是怕人的。可以这么说，如果脑子没有毛病，任何一只猫都不会出现在这大庭广众之下，更何况，这还是一个正式的演出场合！然而，扯拐就出现了。它是怎么出现的呢？据后来在场下的监区牢友讲，它是从舞台背景幕墙后面直接跑出来的，而且一出来，就跑到作为指挥的安迪身边。非常奇妙的是，扯拐其实什么动作都没做，它只是乖乖地蹲在安迪旁边，静静地观看六监区的表演。

不过，正是因为扯拐的出现，场面瞬间得以改变。首先，扯拐一出场就引起场下骚动，刚才还人声鼎沸的会场，在一阵哄笑后霎时便安静下来。接着，在安迪的感官中，六监区合唱的声音，仿佛一下就回到了之前熟悉的排练现场，回到了他可以掌控的局面之中。再后来，安迪的指挥开始挥洒自如，节拍的气势一波高过一波，合唱的声音一浪高过一浪，在唱到最后两遍重唱时，他们经过多次排练最拿手的分部合唱，开始将演出推向高潮。随着最后一句高了八度的结束歌词“新——中——国”，一举站上了合唱的制高点，那浑厚雄壮的歌声，一直在广场上空回荡。当合唱结束后，拥有一千多人的广场，突然爆发出一阵雷鸣般的掌声，坐在头排的监狱长还带头站起来鼓掌，既是鼓励又是祝贺，全场气氛非常热烈。

扯拐适时的露面惊艳了全场，合唱远非强项的六监区，竟意外地获得了二等奖。虽说是在监狱，但犯人的集体荣誉感还是有的，六监区在征文演讲、琴棋书画这些方面数一数二，而对合唱这种赢面不大的比赛，即使比不过年轻人，但起码脸面要在，只是完全没想到会得奖，扯拐可以说是功不可没。不过，在全神贯注进行指挥的安迪眼里，他甚至都没感觉到扯拐的存在，许多当时发生的事情，都是后来通过牢友之口才慢慢得知。但奇怪的是，有人记得扯拐是怎么来的，但几乎没有人能说清扯拐是什么时候走的。它在安迪最艰难的时候出现，却在安迪最辉煌的时候离开，你能说它脑子真有毛病?

当天中午，扯拐一如既往地出现在监区的操场上。扯拐这次亮相引来几乎所有牢友的目光，还有数不清好吃的东西。扯拐这天也不客气，谁扔的食物都吃，一点不见生，给人感觉好像这一切都是理所当然，安迪和牢友们在一旁笑个不停。

细细算来，我去监狱看安迪，已是第五个年头了。安迪此前曾告诉我，他因改造成绩不错，已减了两次刑，大概还有两年就能出狱了。在这五年时间里，我和他同监狱里的猫界，建立起超乎寻常的感情，而安迪与扯拐的这段情缘，更是深深地感染了我，以至这次去帮教，就特别想了解扯拐的现状。安迪说，扯拐目前已有半岁多了，因营养还跟得上，开始长得有点与众不同。安迪告诉我，与它母亲安娜一样，扯拐初看是一只普通的黑白花猫，但细看可发现它身上的黑色略偏蓝调，眼睛则呈淡黄色，身子圆润粗短，给人感觉有点洋气，完全与它扯拐的名字相悖。

安迪说，英国有种短毛猫，颜色就是蓝白相间，脸圆矮胖，眼睛金黄色或铜色，号称有五短，即毛短、身材短、尾巴短、四肢短、耳朵短。这种猫外观温厚，气质安静，颇有明星风范，血统纯正可卖上万元，非常惹人喜欢。不过，扯拐除了眼睛、毛色、体型略为相近外，其他方面则完全不同，当然不会是短毛猫品种。不过，正是因为这些特别之处，加之五一的救场，使得扯拐大受牢友们的喜爱，而它与安迪尤为亲近，安迪在向我说起一件事时，眼睛都红了。

有一天中午，扯拐吃完并未马上离开，而是开始转圈，感觉仍像原来脑子有问题的时候。但就在安迪颇感沮丧之时，扯拐的圈越转越大，最后竟然毫无顾忌地转到安迪面前，感觉它好像很想与安迪亲热似的。安迪对此为我解释了扯拐的这一行为。他说，如果某种动物，将其身体的后半部分暴露在你面前，而且没有任何顾忌，那就说明它对你没有防范，非常信任。但是，这毕竟是他在监狱遇到的第一次，还是担心会惊吓到扯拐，故而犹豫了很久。最后，他试着在扯拐离他很近的时候，用手轻轻抚摩了一下它的背。

“它是什么反应？”我有点急不可待，而安迪则开始激动起来：“杰克，你根本想不到，扯拐非常安静，它这样转圈，似乎就是想让我抚摩它一下。杰克，扯拐已算是成年猫了，说出来不怕你笑话，我当时感动得都差点哭了！”安迪说，在监狱也有些年头了，接触过各种各样的大猫小猫。这些猫本质上还是野猫，哪怕是小猫，都相当谨慎、自我，对人类充满防范之心，你对它好，不见得它就对你好，甚至还不见得领你的情。安迪说，他伺候这些猫这么多年，除了救助梵高那次以外，其他的猫从未让他靠近过，更别说去抚摩了。但这一次，扯拐让他摸了，而且是心甘情愿、毫无防备。安迪说，当他触摸到扯拐的那一瞬间，简直觉得像是遇见了亲人一样，有一种想哭的冲动。安迪告诉我，过去在家里，天天都可以抚摩自己养的家猫，可以说想怎么摸就怎么摸，但从没有这种感觉。他只是觉得太奇妙了，感觉好像通过这一仪式，他和扯拐已建立了一种全新的依存关系。

安迪认为，在这种特定的环境中，人与动物之间的这种行为，实际上是另一种形式的相互取暖，而这种取暖的核心，就是信任。安迪说，平时他对这些野猫好，只是觉得都是生命，应当善待它们，从未想过有什么回报，尽管他也希望它们有所回报。而今，当扯拐把一种叫作“信任”的东西，放放心心交到他手里时，他的感动正是由此而发。话说到这个份儿上，安迪有些按捺不住地进行了引申。他说，监狱犯人来自四面八方，对各自的情况讳莫如深，很难取得相互信任。而今，扯拐主动伸出友谊之手，搭建起与他心心相印的桥梁，突破了监狱人与动物之间的生疏关系，超越了监狱人与人之间的防备心理，顿时让安迪有了一种久违的亲切感，真正感受到了这种信任的珍贵与难得。

安迪说，最近发生的一件事，特别令他感到骄傲，而且也大大改善了猫在监狱的地位。在安迪的记忆中，监狱正是因为有了这群猫，才极少见到老鼠。不过有一次，就在监区操场的众目睽睽之下，正是扯拐，竟然从下水道一个破损的口子里，拖出一只非常大的老鼠来。安迪说，这是他自入狱以来，也是大多数比他来得更早的牢友第一次在监区看见猫捉老鼠。这次非常罕见、令人瞠目的捕鼠行为，对十分敏感又很较真的这些老年犯来说，简直是一件足以流芳百世的壮举，使得扯拐成为监区当之无愧的大英雄，以至它获得的众人尊重远远超过它的父母，乃至更早的祖辈，而安迪这些年来所做的一切，更是得到了大家的认可。

监狱的日子重复得像墙上的钟摆，每一分每一秒都规规矩矩地走着。安迪虽说平时与猫多少有些交道，以使自己的生活略显丰富，但事实上，除了中午喂食以外，他真正与猫接触的机会并不多，安迪的绝大部分时间都耗在了阅览室，通过读书来消磨时光。教学楼有一间很大的图书室，被称作监狱的图书总馆，系监狱所在的县图书馆援建，每年县里都会为监狱置换一批新书。书到这里后再进行调配，在各监区之间轮流交换，以使更多的人能看到不同的书籍。安迪这些年看了许多书，也得益于监狱的文化建设。

阅览室靠右的一排窗户，正对着监区大门，安迪每次都会挑窗边的座位坐下，一边看书，一边欣赏监狱有限的风光。此时已进入深秋，监区门前的银杏树只剩下枯枝，金黄的银杏叶铺满环道，犹如碎阳散落一地。但不知怎的，这一幕当是深秋的美景，在安迪的眼里却有一股萧瑟的寒意，从天际的深处涌来。

一天，安迪做完清洁后来到阅览室，坐在同样的位子，翻看家里给他带来的《西方哲学史》。罗素的巨著《西方哲学史》是安迪几乎从不离手的书籍之一，一方面可以巩固自己的哲学知识，另一方面则仿佛能使自己回到在英国学习的日子。这天天气不错，花木组正常出工，百货组在楼下盘点商品，阅览室显得有些冷清。突然，从楼下传来一阵大呼小叫的嘈杂声。安迪闻声起身，刚拉开窗户玻璃，就看操场上冲出几个牢友，一边喊着“打打打”，一边直向监区大门冲去。安迪当时所处的位置可谓近水楼台，正好看到了现场发生的全过程。

原来就在监区大门口，有两只猫狗扭打在一起，安迪一眼就认出来了，竟然是泰森和扯拐！看来是楼下的百货组牢友最先发现，准备出来解救扯拐。从安迪当时目测的情况来看，他们离大门还有一段距离，但有一点安迪看得清清楚楚，那就是人群中突然掷出了一只手套，正好砸中了泰森。在监狱里，再凶恶的狗还是怕人的，泰森可能没想到会被砸中，加之众人一路高喊，声势浩大，吓得它赶紧松口，一溜烟就逃远了。及至牢友们跑到门外，现场并未出现安迪想象的温馨一幕：扯拐前来求救，众人帮它疗伤。事实上，狗怕人，猫同样怕人。就在扯拐脱离虎口的那一瞬间，它没有丝毫停顿，立马就近爬上监区大门边的银杏树，速度之快，令人咋舌，就像一缕轻烟绕树而上，且一直爬到银杏树的最高处，才停了下来。

秃枝无叶的银杏树，直让站在二楼窗前的安迪看得通透，乃至扯拐花白肚皮上那道血淋淋的伤痕，都非常清晰。这时，树下的牢友们都在呼唤扯拐，看来是希望它下来，帮助它治疗。然而，扯拐根本不予理睬，只是一个劲儿地向着远处哀嚎。那声音时长时短，凄厉委屈，就像一个并没做错事的孩子，在向大家控诉泰森犯下的罪行。

扯拐令人揪心的哭叫，唤起了安迪的警觉：是啊，泰森竟然在大白天逼上门来了！若说泰森第一次趁雷雨之夜偷袭当时的五监区，是受了安娜孩子的诱惑，大致还说得过去。但如今竟敢在光天化日之下，公然找上门来挑战监区和猫界的底线，这让安迪的心底蓦地升起一股飕飕的凉意。在安迪看来，泰森及狗群一般不会侵犯监区，当然是因为顾忌人类，若是整座监狱完全没有人，大概这些猫都不知死了多少遍了。后据百货组的牢友讲，当时有人正在操场搬货，偶然看到了这一幕，又恰好戴着手套，才使扯拐躲过一劫，而今它是死是活，就要看它的伤势了。

整整一天，扯拐不吃不喝，一直在树上叫着。它的声音传得很远，哽咽苦涩，如泣如诉。直到夜幕降临，它依然蜷曲在树上，只是声音渐渐消失。第二天，银杏树上已无扯拐的身影，没有人

知道它是什么时候下来的，而今又去了哪里。

细心的安迪一直惦记着，直到两周后，扯拐才重新出现在监区操场上。同样，这段时间没有人知道扯拐的下落，也没有人知道它在什么地方。扯拐的消失如同梵高那次受伤一样，动物的自我保护和自我修复能力着实让安迪叹为观止。

历经这次苦难的扯拐，终于坚强地活了下来，不仅如此，它还给监区带来意想不到的一大惊喜：它的身旁竟然还有一只猫！这一天对安迪来说，可谓吃惊的事还真不少。扯拐负伤远走、不期归来，且伤愈复初，令他吃惊；痊愈之际，还能携伴而至，又是一惊；但真正令安迪惊掉下巴的是，与扯拐一同来的，竟然是与梵高决斗落败、脸上有大伤疤的那只麻猫！

晕！安迪根本不用翻猫界家谱就知道那只麻猫与扯拐的关系。那只麻猫是安娜的同胞兄弟，而扯拐则是安娜的女儿。也就是说，扯拐是麻猫的外甥女，麻猫则是扯拐的舅舅，而且还是年龄大了不知多少轮的大舅舅！

我从英国回来已有好几年了。先是借海归优势，办了一家旅游咨询公司，随后开始拓展横跨欧亚的网购业务，这与安迪曾经从事的领域完全一致。那时虽说赚得不多，但生意稳定，时间自由，就常去看望安迪。当初，安迪生意上的落败，确令我非常震惊，故我在业务推进上较为谨慎，总是提醒自己慢慢来。直到今年，在自己经营初具规模后，才与北京一家公司深度合作，将经营范围扩至导游培训、海外留学等方面，业务也向全国和国外拓展。因对方控股，加之京城牌子大，对外好开展工作，遂将公司总部设在了北京。

筹备初期，我每月都要去几次北京，去看安迪的时间自然就少多了。虽说自己有时内心稍有不安，但我一直有自己的考虑。事实上，我的创业除了自身寻求发展外，可以说在很大程度上，是在为安迪今后出狱搭建平台，希望他出来之后不至于成为无业游民。我希望这儿是他的港湾，能够在他出来最初的岁月里，为他遮风挡雨。

安迪出国较早，回来后接触的都是生意上的人，除了极少数老同学关心外，他在重庆几乎没有任何人脉，更无能有担当的朋友。试想，一个坐了七八年牢、还背负着债务的人，要想从头再来将是多么艰难。若有一个相对稳定又适合他的平台，那情况就完全不一样了。

就在正式要去北京工作之前，我最后一次去看安迪。我把自己工作变动的事告诉了他，说今后来看他的机会就很少了，希望他好好照顾自己。为使我们的联系不中断，我还特别叮嘱他，希望今后能相互通信，沟通情况，见字如面。安迪听罢看来很兴奋，不停地询问我有关经营上的情况，尤其对现在外面的发展十分关注。他一再表示，为我事业取得的进展感到高兴，还不断地提到他当初的失策，希望我能吸取教训，千万别重蹈覆辙，努力把企业做大。

虽然安迪满脸笑容，祝福发自肺腑，但在我们不紧不慢的交谈中，我仍能感受到他偶尔闪现的失落。故此，我最后故意转移话题，就随口问了问猫界的情况。但安迪此际似乎也少了兴致，只是轻描淡写地提了提，说扯扮生了两只小猫，猫界总体平稳。还说要我放心，他一定会好好照顾扯扮一家和监狱猫群，尽到他最后的责任云云。

听罢安迪所言，让我后来感到非常惭愧的是，那次见面，出于对合作的期盼和对未来的憧憬，同样使我少了详细打听的兴头，况且我实在不知这一去，要到什么时候才能再见安迪。这种兄弟间最后的交流、日后彼此的牵挂，确已让猫界之事退居次位。安迪告诉我的这些情况，感觉已在我心里为猫界画上了句号。帮教接近尾声，我只是在心里默默祈祷，祝福扯扮拥有自己幸福的一生，祝福猫界有一个美好圆满的结局。

## 卡西莫多

我到北京工作以后，一直忙于各种事务，有时还要到外地出差，即便偶尔回重庆一次，也是事务缠身，来去匆匆，完全抽不出时间再去监狱。尽管如此，我还是一直惦记着安迪，想知道他的现状，也想顺便了解猫界的情况。于是，我就写信给安迪，把我在北京的情况通报给他，同时也希望他多讲讲监狱的情况，以让我在外安心。

我上次去看安迪时，就感觉到他得知我要走，便没怎么向我详细介绍猫界的事。他当时的强颜欢笑，令我心酸。毕竟这些年我们经常相见，现突然中断，想必他肯定有些不好受。去北京后不久，我就收到了安迪写给我的第一封信。

杰克：

你好！

来信收悉。得知你现在事业发展顺利，经营蒸蒸日上，我感到非常高兴。这些年你在外面打拼实不容易，虽然现在势头趋好，那也是你扎扎实实打下的基础。同时，我还要感谢你为我做出的周全考虑。我们兄弟一场，知根知底，我也不再客气，只是希望早日出狱，能为你的事业出一把力，以回报你对我的关心和照顾。

上次得知你将离开重庆，我其实心里非常难过。虽然这样感觉很自私，但这种难过是真实的，希望你理解。身在监狱，方知什么叫度日如年。你也知道，这些年除了我的家人外，几乎没有人来看过我。能够有你这样的兄弟，数年如一日地关心着我，可谓感天动地，老哥我铭记在心，永志不忘。当然，我也要感谢那些一直陪伴着我的猫。你走的这段时间，猫界发生了一些事情，想必你也十分关心。我想先讲讲扯拐的丈夫卡西莫多，就是那只被梵高咬掉半边脸的麻猫，它是安娜的兄弟，扯拐的舅舅。

坦率地说，我对卡西莫多的认识，有一个反复的过程。我最初给它取的名字叫佐罗。之所以取这个名字，倒不是说它真有佐罗的英俊，而是它的脸部虽呈灰色，但双眼及鼻梁一路横过来全是黑色，反差很大，颇似佐罗戴着面具的样子。而那时佐罗还小，就感觉特别萌，超可爱，当初喜欢它，就是因为它的长相。后来佐罗长大后，脸上的毛色变深，与眼圈的黑色慢慢融合，原来英俊的“佐罗”色彩开始淡化，佐罗的模样已变得不那么讨人喜欢，当然还不至于在我这儿“失宠”，直到它与梵高发生冲突之后，我的态度才发生了彻底改变。

我不说可能你也理解，我那时一直在为梵高站台。那段时间，凡是与梵高过不去的猫，我可能都不喜欢，佐罗就这样成了有些无辜的牺牲品。此外就是因为破了相，你想想，一块碗口大的疤天天挂在脸上，谁还能说真的喜欢？或许你会说，梵高也丑啊，你怎么就那么疼它？我现在回想，主要还是因为梵高不幸的经历让人同情，我才一直护着它，而佐罗有吗？它的丑陋是因为争风吃醋，还伙同兄弟去欺负梵高，这能怪谁？总之，就是因为这些杂七杂八的原因，我才在一气之下，给佐罗改名为卡西莫多。

杰克，其实我改得一点都不好。因为，在雨果的《巴黎圣母院》里，善良的敲钟人卡西莫多标志性的丑陋，就是他的驼背、独眼、瘸腿、缺牙、耳聋。而这些特征，恰恰是梵高经历过且拥有的，梵高应该叫卡西莫多才对。我是循着自己的喜好，把梵高的丑陋转嫁给了

卡西莫多，不过今天还有牢友仍叫它佐罗。

好了，扯得有些远了。上次我告诉过你，扯拐和卡西莫多生了两只小猫，一公一母。公猫继承了卡西莫多的基因，是只麻猫；母猫则跟从扯拐，是只花猫。两只小猫都很可爱，但依然没能摆脱猫界的厄运。

杰克，这次的凶手不是泰森，而是伙房唯一的母狗。不知你是否还记得，那只母狗就是欢欢的妈妈。欢欢死后，这只母狗又与泰森交配，生了一窝狗崽，结果因没有母狗，就一个没留，全送出了监狱。母狗这次产崽，不像上次那样难以辨别其父，而是经伙房确认，当系与泰森所生。为叙述方便，我在这里就叫它泰森夫人。

杰克，有一件事忘了告诉你。我们自从搬到六监区后，监狱对各监区的职能重新做了调整，原五监区成为新的生产监区，而我所在的六监区，则承担起监狱所有的后勤保障事务。所以，伙房也纳入了我们监区，他们的人全搬了过来。这样，我了解狗界就比原来方便多了。据伙房的人讲（主要是和我关系不错的串串告诉我的），泰森夫人是一只非常温顺的狗，平时与伙房的犯人都合得来，大家还比较喜欢它。但不幸的是，扯拐的那只小母猫误闯到了伙房附近，结果被泰森夫人发现并咬死了。

说实话，我当时得知此事相当愤怒，我没想到除了泰森以外，其他的狗竟然也开始行凶作恶！我反复向伙房核实，是不是泰森夫人所为。他们确认，正是因为小猫踏入了禁区，才遭到母狗的攻击。他们辩护说，其实所有的狗为了维护领地，都会做出这样的反击，只是过去其他的狗没有这种机会而已。后来据知情的伙房、花木组人员讲，扯拐的小母猫约有两个月大，可能是自己出来觅食，不小心撞进了伙房，恰好被泰森夫人撞见。可想而知，一只这么小的奶崽儿，在一只成熟的母狗面前，那是何等渺小！

杰克，扯拐失去孩子一事，很令我伤心。你不知道，当两只小猫还很小的时候，有一次扯拐带着它们，来到我们监区铁网外边的空地上。当时，它眼巴巴地望着我，让我看它两个发育不良的孩子，那副可怜到极致的样子，至今仍令我心疼不已。因为，只有我知道，若只是扯拐一个，它可能就到监区里面来找我了。正是因为有了孩子，它担心自己不能保护它们，所以才在铁网外想讨点吃的。

小母猫死后，扯拐就很少来监区了。与之相反、不可思议的是，卡西莫多反而露面了。关于卡西莫多，我在这里补充说说。扯拐生孩子之前，卡西莫多几乎天天与扯拐一道前来监区就餐。但自从扯拐生了孩子后，卡西莫多就来得少了，到最后感觉它像消失了一般。直到这次事件发生之后，卡西莫多才重回猫界，而这一次它的出现，我发现变化巨大，感觉它仿佛有神力相助，变得异常强壮。卡西莫多是只麻猫，虽说与泰山没半点血缘关系，但它的长相、性情则与泰山很像，它身上的长毛、走路有点耸肩的姿势，以及它看人的目光，还有就是它的凶悍，简直就是当年泰山的翻版。不仅如此，连卡西莫多的行事风格也仿若泰山在世，隐隐已有一种独来独往的大侠气质，有时连我都要看花眼。

杰克，我一向对事物的观察很上心，我明显感觉到卡西莫多的这些变化。我在猜测，这家伙是不是在向它的前辈泰山学习，独自偷偷出狱，在外面大鱼大肉地养着身子。或者就是出去之后有了奇遇，开始苦练绝顶神功（笑），好回来担起重振猫界的大任。总之，我有一种预感，卡西莫多的归来，说不定会在监狱掀起滔天巨浪。

今天的信写得有点长，信封可能都装不下了。我讲了许多猫界的事，还不知你有没有时间来听我这些无聊的唠叨，我自己都觉得有点可笑。不过，在监狱里就只有这些事，想来你还看得下去吧！

保重，握手！

兄：安迪

安迪的这封信，我反复看了几遍，看一遍就在心里说一声惭愧。说良心话，在北京工作一忙，安迪我还是时常想到的，但确实早把监狱猫界的事忘到九霄云外去了。是啊，监狱猫界的这些事，怎么能与我现在的事业相比，又怎么能与安迪今后的自由相比？但是，这封信勾起了我对猫界往事的回忆，我是既为扯拐感到悲伤，又替安迪感到心痛。这些年，我知道他在监狱里不容易，心存内疚，身负重债，还连累家人照顾。反而是一群本与他无关的猫，一直在陪伴着他，这种感情是我们外人无法体会的。

尽管我从英国回来每个月都会去陪陪安迪，但实际上，我能给他带去的帮助实在有限，反而是我们在英国的那些日子，家庭条件较好、行事一向大方的安迪帮补了我许多。比如，说好我们一起AA制租房，但安迪经常偷偷就交了房租；平时我们大多还是自己弄饭，但一遇到什么开心的事或者节日，我就被他拉出去大吃一顿，自然又是他抢着买单；若是遇上暑期不回重庆，我们一起相约去德国、法国玩，许多开销也都是安迪一手包办。甚至有一次，我说漏了嘴，让安迪知道我母亲生病住院，他竟然从英国给我家里寄去了一笔钱。实事求是地讲，我父母都是普通教师，能够把我送出来读研，实际已是掏空了家里所有的积蓄，在经济条件方面，安迪是比我要优越得多。一想到那些年他对我的帮助，我是打心眼感激。所以说，相比他对我的恩情，我回来后每月抽空去看他一次，偶尔给他上上账，买点书籍和烟，又算得了什么？而今，多听听他在监狱里的这些事情，让他能够感受到来自外界的些许关心，你说，又算得了什么？

为此，我自己深刻检讨，下决心在工作之余，多替他着想，多关心猫界。当天，我一直写到半夜两三点钟，给安迪回了长长的一封信。我在信中表达了自己的歉意，真诚地希望他今后多告诉我猫界的情况，我将一如既往地予以关注，并鼓励他树立信心，度过最后这段日子。我这样写道："动物的命运与人的命运是一样的，就像扯拐、梵高，虽历尽所有磨难，但仍要坚强地活下去。或许动物只是为了生存，人类是为了更崇高的目标。但是，我们一同走过的路、一同经历过的事、一同消磨过的日子，其实都是一样的，都需要我们坚定信念，沿着既定的道路一直走下去，不达目的，绝不罢休！"

写完信的第二天，我就叫快递将信寄了出去。就在快递员上门取信的一刹那，我仿佛站在了安迪的面前，看见了他渴望的眼神，我知道，他一定在盼着我的回信。我想起他在信中说的一句话："身在监狱，方知什么叫度日如年。"是的，这就是我昨天虽然想到，但实际上刚刚才领悟明白过来的道理。幸好，我从昨天起就用行动回应了自己；幸好，远在重庆的一座监狱还有我所牵挂的好兄弟，以及一群本与我无关、现在却被我惦念着的猫。

杰克：

你好！

简直没想到，你的信回得这么快！嘿，老弟，看在我们兄弟一场的情分上，你怎么能这样自责自己，又怎么能给我道歉呢！这些年你为我做了多少，我心里比谁都清楚。要说道歉，首先应该是我吧，一个不成才不成器的蠢大哥！可以这样说，我这一生欠你的太多了。杰克，你应该知道，有时候，物质的东西是远远无法与精神食粮相比的。这些年我的家人为我撑起的精神家园，你为我建起的精神大厦，还有那些猫为我筑起的精神长城，才是我一生最珍贵、最无价的财富。有时想到这些，我就觉得在监狱待的这些年真不算什么，我已知足了，一万个知足了！

杰克，就在我们短短的回信之间，猫界确实发生了一件大事，可谓匪夷所思。一如我上次所言，正是卡西莫多，犹如为了艾丝米拉达可以去劫法场一样，真是在监狱掀起了惊涛骇浪，让我感觉似乎又回到了猫界的泰山时代。

上次我在信中谈到，卡西莫多回来后，身上的霸气开始显现。有一天中午，卡西莫多、扯拐以及它们的孩子难得地一起来到监区。在吃饭的时候，有只花猫，就是那个缺嘴猫的后代，抢了一块扯拐孩子的食物。结果卡西莫多就直冲上去，追得花猫满监区乱窜，若不是牢友们吼住，那花猫搞不好就是梵高当年的下场。还有一回，这是我听伙房的人讲的，说在伙房附近看见过卡西莫多。说它不仅不害怕，反而大摇大摆到处逛荡。杰克，我看卡西莫多这架势，完全就是泰山当年的做派嘛！

然而，没过几天的一个傍晚，在生产车间的桃花林一带，几个监区正好收工路过的犯人，都无一例外看到了追凶的一幕：一只无比凶狠的麻猫正在追杀一只大狗！杰克，可惜我当时不在场，但收工回来的牢友都向我详细描述了当时的情形。

事实的确如此，正是卡西莫多，攻击了伙房的泰森夫人。牢友们说，当时他们还以为又是狗在残害猫，警官都喊不住，大家全都上去帮忙。结果完全出乎他们的意料，卡西莫多才是真正的杀手。据牢友们讲，是它拼死咬住泰森夫人的上颈，无论泰森夫人如何反抗，将卡西莫多的身子、腿、肚皮咬得伤痕累累，它都不松口。正当人们上前准备分开它们时，卡西莫多不知从哪里来的力气，竟然扬头将泰森夫人拖起，一路躲开扑上来的人群，直向三监区车间边上的环道跑去。

杰克，这个地方就是安娜的孩子当初被冻死的车间外面，那里有一条小路通往外环道。当时收工队伍正在行进中，路过桃花林还可顺便上前阻拦，但卡西莫多一旦进入小路，犯人们自不敢再跟着追过去，何况警官也发出了警告。直到第二天中午，花木组牢友才带回来消息，泰森夫人的确死在了环道边上。正如牢友们所述，它的后颈窝被咬出一个大洞，死状极惨。而与之搏斗、满身是伤的卡西莫多，很长一段时间，再也没有出现在监区的操场上。

杰克，这是一起纯粹的复仇事件。我不知道卡西莫多是如何认定泰森夫人系凶手的，更不清楚它到伙房去闲逛，是不是在侦察寻找仇人。及至那天傍晚，它们是如何在桃花林相遇的，泰森夫人为何要到那儿去，卡西莫多又是如何跟过去的，一切都是谜。记得诗人聂鲁达在《猫颂》一诗中，有这样一句描写猫的诗：“独来独往，知道自己要什么。”令人印象深刻。我在想，这不就是卡西莫多想要干的事吗？

杰克，关于这件事，我只能告诉你这么多了，我实在没有理出任何头绪，找到卡西莫多复仇的线索和路径。但不管怎么说，它是成功地以牙还牙，为自己的孩子报了仇。杰克，说实话，当我得悉此事时，感觉真是畅快极了，我一点没从道义、对错上去想很多，我就是觉得，卡西莫多的血性、勇气和能力，简直太给猫界长脸了，简直太给我面子了！你应该清楚，这些年来，猫界受了多少委屈，受了多少磨难。在狗界的淫威和残害下，有多少可爱的猫被残杀！久在监狱，人容易产生幻觉，我经常就会妄想，若我有一种超能力量，我一定会为这些猫去杀死所有作恶的狗！它们凭什么就这样不负责任，乱杀一气？又凭什么作了天大的恶，还能逍遥法外、自由自在？这次卡西莫多的壮举，真是替我，替那些关爱猫的牢友大大地出了一口恶气！说来好笑，那几天，我们牢友之间开玩笑说的一句脏话就是：狗日的也有今天！

卡西莫多是第一只在监狱咬死狗的猫，此事竟惊动了监狱。上次我讲过，泰森夫人生过一窝小狗，但都是公的。换句话说，泰森夫人是监狱现在唯一的一只母狗，如果它死了，监狱就得另去找一只母狗。听说，这件事已上报到了狱部，因为在监狱这种特殊的环境里，狗的重要性要远远大于猫。结果，有那么一段时间，各种小道消息在监狱里盛传，有说是监狱下了决心，准备把这些猫全部弄走；也有说不准再给猫喂食了，让它们自生自灭；还有更绝的，就是把猫全部杀了。反正不管是哪种结果，都意味着监狱猫界的灭亡。

杰克，我们都受过高等教育，事实上，我是不相信这些谣传的。尽管过去监狱有过一刀切的做法，但现在是什么年代了，怎么可能做出这样的决定？难道猫就不是生命？之前死了那么多猫，谁站出来说过一句话？要说重要性，狗可能一年都不会有所作为，但若是没有猫，没准哪天真闹出鼠疫来，你又能说谁更重要？事实是，狗多少还需要监狱拿钱养起，但猫呢？它不仅没有让监狱破费操心，还实实在在地确保了监狱没有老鼠。我在监狱待了五年多，看见扯拐抓过一次老鼠，但就没见过狗立功。

但不管怎么说，这次事件还是给了我压力，尽管我每天仍兢兢业业收集食物，但心里却有些惶惶不安，甚至真的有点相信，说不定哪天就不准我们给猫喂食了。还有，卡西莫多到底去哪里了？生死如何？总感觉好不容易出了个能与狗界抗争的领头猫，现在一下就不见了，你说怎不令人担心？

到我写这封信为止，监狱猫界一切依旧，没有发生上述任何一种处置情形。我一直坚信，监狱不会为这点小事为难猫界，现在要在外面找只土狗来繁殖，根本就不是个事儿。反过来，尽管我怕得罪伙房的人嘴上不说，但在我心里一直为卡西莫多感到骄傲。它是猫界第一只奋起反抗且获得成功的猫。当年的泰山为了保护家小而奋勇战死，而今的卡西莫多为了死去的女儿孤身复仇，它们的行为都值得钦佩，我天天都在祈祷卡西莫多平安无事。

最后告诉你一件事，你一定会倍感唏嘘。花木组那天找到泰森夫人的尸体后，警官就要求他们抓紧处理，以免发生疫情。正常情况下，花木组是要将泰森夫人运到垃圾场。结果恰好在前一天，监狱刚接到通知，环卫部门因故要隔天才来运走垃圾。其实，这种事过去也发生过，诸如车坏了呀，道路塞车呀，临时有任务呀，监狱都很理解。因此，当花木组把这一情况告知警官后，警官担心尸体在垃圾场会腐烂，就安排花木组就地掩埋。结果没想到，花木组阴错阳差，竟然就把泰森夫人的尸体埋在了泰山的旁边。

泰山、泰山的夫人安娜、泰山的儿子汤姆叔叔，全为泰森所杀；泰森的夫人，则为安娜的同胞兄弟卡西莫多所杀。数命抵了一命，数报还了一报。如今，除了安娜外，现在它们都埋在了一起，化为尘土，阴间做伴，恩怨已了，就此和解。

每次说到猫我就啰唆一大堆，你不会烦吧？虽然你在信中说很关注它们，但我也知道你现在一定很忙，怕耽误你的时间。当然，闲暇之时，听听我讲这些猫的故事，说不定还能消除你一天的疲劳。好了，赶紧打住，怕是信封又装不下了！

祈安！

兄：安迪

因为出国的原因，安迪的这封信在我的办公室躺了大半个月。奇妙的是，完全如安迪所言，在我回国的当天，在坐了十多个小时的飞机后，一身疲惫的我，在洗完澡、躺在床上读完安迪的信后，一下就觉得神清气爽，没一点累的感觉！呵呵，有点神奇吧！

我实在没想到，从来没入我们法眼的卡西莫多，竟然仅凭一己之力，就杀死了一只成年母狗，这件事一下激起了我的兴致。于是，根据安迪在信中提供的线索，我也试着在没有安迪参与的情况下，自己来解析这次战斗的背后成因。

卡西莫多跟安娜一个时代，在监狱当算是元老级的喵星人了。经历过与梵高的争斗，品尝过猫狗两界百态，挣扎在条件艰苦的监狱，能幸运存活这么多年，足见卡西莫多的过硬素质。再有就是它的奇遇。根据安迪的描述，卡西莫多是在扯拐生育之后逐渐淡出监狱，而在它的孩子被杀之后才回来的，这当中差不多有两个多月。一般家养小猫正常的生长速度，大概是一个月长一斤。但卡西莫多是野猫，而且已是成年猫，自不可能再无限制地生长。但是，两个月的时间已足够让我们产生非常丰富的联想，安迪在信里也谈到了这一点。若以我的观点，卡西莫多肯定出过监狱，而且应当是在餐馆、小区之类的场所流浪，餐馆食物较多，小区则可能有好心人供给食物。当然，也不排除它短暂地被人收养，然后又跑了回来。

狗猫之间最大的不同，就是狗一般不会离开主人，而猫则可能一走了之。这一方面是猫驯化时间太短的缺陷，从另一方面看，更能显示出猫的自在、潇洒。总之，在外面晃荡多日的卡西莫多，确有足够的时间和空间，将自己打造成为强悍的大力士金刚，这就为它回来复仇打下基础。

另从性情的角度分析。卡西莫多从外面回来后，正是基于自己的强大，才使其过去没有显现出来的本性一下就得到了解放。卡西莫多的本性与泰山极为相似，话说到这里，我甚至有点怀疑，安迪的记录是否准确。因为，种种迹象表明，卡西莫多与泰山有许多难以述说的神似，我总感觉它们之间一定存在某种关联，就连安迪都把它们相提并论。

再有就是这场大战。从概率上讲，除了动物品种不同、年龄大小不同、野生与家养不同外，其他大致相同的狗猫之争，绝大多数的猫都不是狗的对手。自然界数万年来的残酷竞争、优胜劣汰，使得动物都进化出适应各自生存的锐利武器。猫科动物曾是自然界的顶级捕猎大师，它们的动作无声、迅疾、致命，它们的利牙甚至能穿透骨头。但随着生存环境的改变，尤其是生活在城市中的猫，它们许多致命的功能已完全丧失，唯一有用的是爪子，唯一能保命的是灵活。而狗体型较大，肌肉发达，体力充沛，咬力惊人，其综合素质和攻击能力远在猫之上。卡西莫多之所以能一战成名，既有对方是母狗之故，也有它身体强壮、战术得当的因素，更何况，它仍付出了浑身是伤的代价。这次复仇凶案，众人只看到卡西莫多追杀的过程，实际上并不知道到底是谁先挑起事端，倘若是泰森夫人主动发起攻击，我们完全可用反杀来形容。

总结分析这些信息，我认为卡西莫多这次获胜颇有一种志在必得的味道。尽管安迪提供的素材非常有限，但我仍能感受到卡西莫多的睿智、机灵、坚韧和勇气。那天晚上，我不仅没有预想中的大睡一场，反而像打了鸡血一样，伏案疾书，将自己的这些心得都一一写在了给安迪的回信中。我高度评价这些信息带给我的愉悦，我告诉安迪，他分享给我的这些故事必将有助于我事业的发展，且能使我从中得到许多有益的启示。

杰克：

你好！

很久没有给你回信了。

很抱歉我的懈怠，以及我的沉沦。数次提笔，又数次放下，感觉一时不知从哪儿说起才好。我本没有你想象中的那么坚强，当所有的伤痛一齐袭来时，我第一次感到人生的迷茫。实事求是地讲，我不是一个轻易放弃的人，就像之前我尽管投资失败，但仍认为互联网的发展方向是正确的一样。不过，当你所有的努力都付之东流时，你就不得不认同哲学家普罗提诺提出的观点："实际的世界似乎是毫无希望的，唯有另一个世界似乎才是值得献身的。"这个"另一个世界"，在普罗提诺的眼里是至上的天国，在柏拉图的眼里是理念的王国，而在我眼里，则是外面精彩的世界。

在详细讲述猫界发生的巨变之前，我想先给你说说，目前监狱猫界的总体情况。在我初到五监区、接手猫界事务之时，当时猫界共有16只猫。在泰山鼎盛时期，根据我的详细记载，猫界数量曾达到28只，家族达到8个，其中就包括安娜那次所生的6只小猫，这是监狱猫数的顶峰。此后，随着泰山被杀，猫界的冬天开始来临，这期间虽有反复，但再也没有超过泰山时期的总数。直到这次事件发生之前，猫界所有的猫只剩下11只，包括扯拐一家四口，缺嘴猫后代一家三口，另有两只单身猫，还有一对成年夫妇，是安娜的孙子辈后代。而今，扯拐的一个孩子死了，整个监狱就只有10只猫，看起来是一个十全十美的整数。

杰克，不怕你笑话，我向你坦诚我当时幼稚的想法。作为英雄的卡西莫多，杀死了狗界的压寨夫人，一定给狗界带来难以想象的震慑，猫狗世界将进入令人振奋的和平阶段，恍若泰山重生：双方以各自领地为界，井水不犯河水，和谐友好共处。我期望，在一年之后我出狱时，猫界的总数会有增加，若能恢复到我初来时的水平，就不枉我这些年的努力。

事实上，那时的形势是我感觉最好的：我最担心的事情并没有发生，我们明智而宽仁的监狱，没有采取任何过激的手段来对付这些可怜的猫，这实在让我松了很大一口气，我也得以继续履行自己的职责。而监区的牢友们受卡西莫多的鼓舞，也倾注了极大的热情，提供了全方位的支持。杰克，现在我们的生活水平已大有提高，菜品更加丰富，味道更加可口，分量更加充足，所剩的食材，因猫数量的减少，已足够它们一天的口粮，这还不算晚上大家免费提供的加餐。可以说，猫界的吃饭问题基本解决，若再加上狗界“不骚扰、不伤害、不滥杀”的妥协，猫界的春天就真的来到了。

但是，人生不如意事十之八九，世事难料，命运多舛，猫界同样如此。就在我预感猫界春天来临之际，一声惊雷震醒了我的美梦，出乎包括我在内的所有人意料，卡西莫多那次孤注一掷的报复行动，竟导致监狱猫狗世界大战的全面爆发。

杰克，我本不想给你说这些伤心事，但它又实实在在地发生在我的身边。在此，我不再多叙，只把结果告诉你。就在短短的一两个月之内，狗界倾巢出动，开始实施有预谋、有计划的大规模杀戮行动，相继将除扯拐一家外的所有猫全部杀死，当然，这不包括卡西莫多在内。具体死亡情况如下：缺嘴猫后代一家三口，公猫在垃圾场被杀，母猫死于外环道，猫崽则倒在桃花林里；一只单身猫的尸体在卫生院附近被发现，另一只单身猫陈尸于生产车间；安娜的孙子后代夫妇，一只死于四监区门口，另一只死于教学楼的广场边上。

杰克，我说的这些信息意味着什么呢？你看，除了伙房、一监区、大门水池等狗界领地外，猫的死亡之地已遍布整个监狱。换句话说，狗界发起的这次世界大战，已将战火燃遍全监狱，监狱的猫再无藏身之地！

再来看我收集的凶手情况。由于许多凶案，都发生在人们的视线之外，经过伙房的人对狗界的观察，估计有五分之四的狗参与了屠杀。比方说，一只狗某一天回来，发现身上有血迹；另一狗某一天回来，发现身上有伤痕，诸如此类。同时，伙房的人还根据它们出现这些状况的次数做了统计，发现泰森出现状况的次数最多，他们估计大约有一半的猫是被泰森杀死的。

1914年6月28日，奥匈帝国皇储斐迪南大公夫妇在萨拉热窝视察时，被塞尔维亚青年加夫里若·普林西普枪杀。这起事件促使奥匈帝国向塞尔维亚宣战，成为第一次世界大战的导火索。就此而言，泰森夫人就是斐迪南大公夫妇，卡西莫多就是加夫里若·普林西普，它的复仇直接导致了这次灭绝性的大屠杀。

在这场罕见的动物大战中，扯拐和它的孩子幸运地活了下来。起初我还有点纳闷，想着是不是扯拐带着孩子已突出重围，寻找它在外的丈夫过新生活去了。结果后来发现，扯拐并没有离开监狱，它将家安在了教学楼的顶层。

监狱教学楼六楼，有一间很大的会议厅，是社会单位前来监狱进行警示教育的场地。这个位置很高，一般情况下，狗是不会上去的，扯拐的家就在厅里堆有许多座椅的一角，这是我们去做清洁时发现的。但好景不长，泰森还是发现了它们。

警示教育厅平时都是空着的，但凡有外面的社会单位前来，监区都要提前安排去做清洁，故此，平时负责清洁卫生的我们就经常去。有一天，我们推饭组的成员又领命而去，就在我们刚刚完工、走在连接大厅与楼梯的廊道之际，前面的楼梯口里边，突然传来一阵异常激烈的响动声。我当时走在最前面，率先冲到楼梯口，一下就看见卡西莫多正张嘴咬住泰森，而泰森则拼命反击，吼声震天！啊，它们怎么会在这儿相遇，在这儿开战?！我当时想都不想，几乎是一跃而起，近二十级的台阶，我可能只用了三四步就跳了下去。

杰克，我自认反应还是很快，而且立马起到了功效：两只猫狗因为我的出现，几乎同时撤离战场，一同顺着楼梯往下逃跑，一场大战顿时消弭于无形。即便如此，我一点也不敢懈怠，且担心卡西莫多吃亏，就继续大步往下冲。随后，紧跟着我的牢友，包括后面的警官，大概都知道是怎么回事，全都跟着往楼下跑，一起来到教学楼前的坝子上。

本以为能够达到目的，本以为可以消解战火。然而，有些事来得总是那么凑巧，那么精准，以至于后来发生的事情，竟然完全不在我们的掌控之内。因为就在我们做清洁时，来参加警示教育的人已早早来到监狱，正在底楼的展示厅参观。等我们急匆匆下去时，他们正好参观完毕，全集中在教学楼前的坝子上，等待讲解员领他们上楼。正因如此，刚才逃下来的两只猫狗，突然被一大群人挡住了去路，它们上有我们这些追兵，下有这些人堵住了出口，情急之中，它们顺着展示厅前的一点空隙，直向大楼的另一侧跑去。转瞬之间，它们竟然从教学楼另一边的楼梯，又向楼上逃窜。

杰克，为使你全面了解这次事件，我大致介绍一下教学楼的情况。教学楼共有六层，两边都有旋转而上的楼梯。在底楼展示厅门前，有一长方形的平坝，铺的是大理石地砖，这便是监狱中心广场的舞台，我们平时举行大型集会，就在这上面表演节目。泰森与卡西莫多逃至楼下的平坝，若不是因为这儿有人，它们肯定会冲下舞台，来到广场，然后各奔东西。试想后面有一大群人在追，它们之间的恩怨自然排在了逃命之后，绝对不会再打起来。但是，舞台上集聚的人群让它们退无可退，于是只好另辟蹊径，这才误打误撞，重新从另一侧上楼。

杰克，此事的转折点就发生在这儿。当时，我们到这儿来的任务，就是保证外面的人来这里接受警示教育时，有一个干净整洁的环境。我们已做完清洁，且已下楼，来的人也在楼下等待，应该说，一切的事情都已完成，若是过去，我们就该在警官的带领下，收工回监了。但是，恰恰发生了猫狗之战，你说我们该怎么办？

在监狱的所有行动，都必须听从警官的指挥。那天带我们去的只有一个警官，他的责任就是负责带我们去做清洁，然后一个不少、安全地带回监区。现在遇到这种情况，一切只能由警官来做决定。带队警官下来后，简单向我们问了下情况。在警官未做决定之前，我粗略判断，我们是不可能再跟上去了，为什么呢？一是人多，警官怎么能让一群人乱哄哄地上去？二是即便上去，谁能比猫狗跑得快？上去还能做什么，调解纠纷吗，还是教训它们一顿？三是若只派两三人上去，那警官怎么两头兼顾？四是楼下还有一大堆准备上去开会的人，还有什么事比这更重要？因此，无论从哪个方面考虑，放弃追捕、顺其自然，当是唯一的选择。

事实上，一切都在按照我的预测进行：外来人员在狱部讲解员的带领下，有条不紊地依次上楼；参加做清洁的推饭组全体成员集合站队，准备回监。两只狗猫现在怎么样了？打没打起来？结果如何？已不在我们考虑的范围，一切听天由命，就当这事没发生过。

当舞台上所有的人全部上楼，当我们转身开步，走下舞台，列队整齐地走在广场上时，唯有放心不下卡西莫多的我回眸一望……结果猛然看见，从教学楼顶上掉下一团黑影，伴随一阵撕心裂肺的惨叫，嘭的一声，那团黑影重重地砸在地上，当即吓得我惊叫起来。

我的叫声惊动了同伴，他们齐刷刷地回头，在征得警官同意后，一行人急匆匆地折返回去，来到舞台。只见舞台的正中央，躺着刚摔下来的卡西莫多。它全身伏在地上，没有一丝动静，周边也看不到血迹。我走近蹲下身，仔细察看它的状况，又用手去抬它的头，这才发现，它的嘴下积着一汪鲜血，双眼紧闭。我下意识地抬头向上望去，竟然看见泰森的影子，正从顶楼的护墙上一路掠过。一切都明了了，两只猫狗上去之后并没有和解，它们继续着被我们中断了的战斗，或是卡西莫多自己失足，或是为泰森所逼，最后掉了下来。

杰克，这就是卡西莫多的结局，一个监狱猫界英雄的最后结局。

教学楼因系教学所用，每层楼比一般的住宅要高许多，大概有 5 米。六层楼算下来，差不多有 30 米。在这样的高度，若是人直接摔下，基本没有活路。然而，猫的身体构造非常奇特，许多猫从高处摔下来都不会死，故民间有“猫有九条命”之说。据美洲动物医疗协会杂志的研究报告显示，共有 132 起猫自平均六层楼高坠下的案例，结果发现 90% 的猫都存活下来。最特殊的一例，从 45 层的高楼坠下仍然存活。为揭开卡西莫多的死因，我后来查阅了相关资料，科学的解释大概分为两个方面：

一是身体的构造，与猫的平衡系统和机体保护机制有关。猫的脊椎柔韧性非常好，当它从空中下坠时，总能迅速转身，而在接近地面时，前肢便已做好着陆准备。其次，猫脚趾上有厚实的脂肪质肉垫，能大大减轻地面对猫体反冲的震动，可有效防止震动对脏器造成的伤害。同时，猫的尾巴具有平衡功能，犹如飞机尾翼一样，可使身体保持平衡。除此之外，猫肢发达，身体柔软，前肢短，后肢长，协调性和运动神经都有利于跳跃，事实上，这就是猫最初栖息于树上的原因。

二是个体的差异，与猫的体型、品种、素质有关。十斤以下的野猫，它所能承受的最大高度应是 10～12 米，这是它骨骼所能承受的最大落差。猫的密度很低，空气阻力相对较大。若从高空坠落，人的极限坠速可达 54 米/秒，而猫只有 27 米/秒，少了一半。同时，猫的着陆与其他动物不同，其他动物都是把力量压在骨头上，而猫除了掌垫，其四肢伸展后还是加长的避震器，可以将能量完美地散开，有点类似蝙蝠的技能。

本来，猫有九条命的民谚，系来自埃及的说法。认为黑猫是女巫的伪装，杀死一只黑猫并不能杀死女巫，因为她能从猫身上复活九次。据说，这一观点还引发了中世纪残酷的灭猫运动，导致欧洲猫的数量大减，且暴发过大规模的鼠疫，这就是欧洲骇人听闻的黑死病灾难。但多数学者认为，人们之所以觉得猫有很多条命，主要还是因为它们从高楼坠下不死。然而，无论有多少学术观点将其说得十分玄乎，但是，卡西莫多之死则是真实的，而且它是当场摔死，没有一点救治的可能。在经过这些了解后，我认为卡西莫多之死实在是事出有因，至少有这几个方面的因素：

一是高度。同为六层楼，但住宅楼一般一层是3米，而教学楼一层是5米，加起来30米，已大大超过了猫坠下不死的平均高度；

二是体重。幼年猫一般只有一至两斤，而成年猫平均则为五至十斤。据我目测估算，卡西莫多的重量起码在十五斤以上，远超一般普通猫的重量。在地面上作战这是它的优势，但这样摔下来，它的重量反而成了致命弱点。不过，相对成年狗的体重而言，卡西莫多又轻了许多，成年狗一般都在二三十斤，泰森怕有三四十斤吧？你说，卡西莫多怎是它的对手？

三是能力。卡西莫多是在作战状态下下坠的，这还不算它跑上跑下，其自身的体力、反应能力、应变能力、判断力当大打折扣。

四是受伤。在我们掩埋卡西莫多时，我发现它的下颚已被咬穿，一条前腿被撕咬开裂，这说明它在下坠之前，曾遭受过重创。若说嘴受伤还问题不大的话，那一条腿若被废了，对准备着陆的猫而言则是致命的。还有，卡西莫多此前在与泰森夫人的战斗中身体受过伤。如今屈指算来，差不多有一个多月。可以想象，它的身体或许并未恢复到最佳状态，现在与泰森狭路相逢，落败或成必然。

最后一点就是现场。教学楼前既开阔又无遮挡，地面则是坚硬的大理石。卡西莫多从天而降，没有任何大树或松软泥土可作缓冲，以致它最终成了无可挽救的10%。当然，无论说多少原因，卡西莫多终究是输在自己的实力上。倘若它已拥有与泰森对抗的强大实力，当不至于这样轻易就范，更不至于这样失足亡身。

在警官的安排下，我们抬起卡西莫多还带有体温的身体，准备前去掩埋。杰克，就是在这个时候，我像触电一样，似乎感觉到了卡西莫多想传递给我的某些信息，以使我仿佛能亲眼看见它坠落的最后一刻：

当卡西莫多终于不敌泰森的攻击，被逼至顶楼的护墙死角，身体忽地一个趔趄，脚下滑落，便像鲲鹏展翅一样从空中一跃而起。凭着本能它及时调整身体姿势，而当前的高度已足够让它调整到位。随着下坠的不断加速，它张开优美的流线形身体，舒展四肢，准备平稳地着陆。然而，就在触地的刹那，它受伤的那条前腿，没能起到支撑的作用，陡地发出骨头跌碎的脆声，身体的重心随之倾斜，而头部因失去依靠，转而替代那只断腿，重重地撞在地上。顿时，一口鲜血从嘴里喷出，所有的内脏器官都在瞬间震裂。尽管它依然姿势完美地着陆了，但付出的代价却是生命。于是一切都结束了。在我丰富的想象中，我相信它最后看到的，是灰白相间的大理石地面，以及它再熟悉不过的中心广场。

猫从高处下坠，高度太低或太高，都会造成致命的伤害。太低，它不能及时调整身体的着陆姿势；太高，自身则无法承受强大的冲击力。三十米的高度，虽已超过猫体承受的最大限度，但若是地面松软，身体健硕，调整到位，或许卡西莫多还有一线希望。我不知道，那天它们为什么是在教学楼上展开决战。可能是泰森发现了扯拐的家，而卡西莫多恰好就在那儿；也可能是卡西莫多刚从外边回来，被泰森一路追杀至此。还有，这段时间卡西莫多到底去哪儿了？为什么偏偏在这个时候回来？它们之间的这场决战，泰森受伤没有？它又是如何找上门来，与杀死自己夫人的仇人，来一场堪称世纪复仇之战的？而今扯拐和它的孩子又怎么样了？这一切都是未知数。

后来有一次去推饭，刚好看到泰森正懒散地伏在坝子上，我就仔细观察了一下。也许过去我从不关心，但这次才发现，泰森确实已老了许多，它的肌肉已变得松弛，身体明显萎缩，往日的雄风霸气，感觉正从它的体内一点一点地散去。我在心里把它和卡西莫多做了比较，想象若是卡西莫多再等些时日，它们之间鹿死谁手，还真不好说。

杰克，卡西莫多之死成为监狱这场动物世界大战的休止符，更是猫界最后的葬礼和挽歌。现在，监狱就剩下扯拐和它的孩子了。我现在每天收集的食物，只需要用饭碗来装就够了，何况它们现在还不经常前来。

杰克，你来信对卡西莫多与泰森夫人之战的分析很有道理，你对卡西莫多的怀疑，也曾使我感到十分困惑。关于卡西莫多的身世，我的记录是听别人说的。为弄清真相，我后来还专门去遍访以前的老犯，请他们仔细回忆，但谁也说不清楚。直到最近，我们去监狱的警体中心参加服刑人员运动会，一监区的一个老犯，可能知道是我在负责喂猫，就主动过来搭讪，跟我说起卡西莫多的事，还一再为它表示惋惜。后来他告诉我，他以前在五监区待过，说卡西莫多是泰山的儿子。我当时听了简直大喜过望，真可谓“踏破铁鞋无觅处，得来全不费工夫”，遂忙将我的疑问一股脑儿道出，才将这段旧事理了个一清二白。

原来，泰山在与安娜父亲争夺安娜母亲时，曾偷偷与另一母猫有过短暂的交配，而这只母猫与泰山分开后，又跟另一只公猫走了。后来，那只母猫生下小猫后就死了。当时，安娜的母亲也刚产下两只小猫。于是，那只母猫的后代，就交由安娜的母亲一并抚养。一般来说，母猫不会抚养其他猫的孩子，但若是将母猫的尿液弄点在小猫身上，母猫闻到自己的味道就可能抚养。那个老犯说，他当时正在监区，常听人说起这些稀奇古怪的事，这次领养事件就是当时他听说的。经他回忆，安娜母亲确实只生了两只小猫，一只是安娜，而另一只就是死于内环道路边的那只缺嘴公猫。卡西莫多是那只母猫的孩子，后由安娜的母亲带大，以至大家都误认为它们都是安娜母亲的孩子。

还有一点需要证明，那只母猫所生的卡西莫多到底是泰山的呢，还是另一只公猫的。关于这个问题，那个老犯也犯了难，他说这件事，恐怕只能去问上帝了。事情到此，按理说我已是相当满足了，至少可以肯定，卡西莫多与安娜不是一家人。但是，卡西莫多到底是不是泰山的儿子呢？杰克你知道，我对事实真相的追求从不会含糊。为此，我托家人在外面帮我查找有关资料，经认真分析得出结论，卡西莫多真是泰山的儿子！

这一切都与猫的交配有关。大多数动物到了发情期就会自动排卵，若是此时交配就会受精，从而怀上小宝宝，而猫则不一样。猫的交配比较特别，它到了发情期并不自动排卵，而是必须通过交配才排卵。因此，猫的一次交配，就意味着实实在在的受精，然后就能怀孕生子。而更为确凿的信息是，母猫一旦受精就会立即停止发情，也不再接纳其他公猫了。卡西莫多的母亲是先与泰山有染，后与另一公猫同行，依据母猫交配的这一原理，基本可以肯定卡西莫多是泰山的儿子。至于这只母猫，后来为何又跟另一只公猫而去，或许只是人们看到的表象而已。当然，无论怎么说，眼下最为有力的证明，当是卡西莫多与泰山的神似，它真的具有泰山的遗风。

说到这里，我真庆幸因为我的一句话，卡西莫多与它父亲最终相聚了。那天在确认卡西莫多死后，警官便吩咐我们，将其送到垃圾车上。其实，我当时看出了警官的犹豫。为什么呢？因为，若是去垃圾车那里，就需要当时在场的全班人马一起去，否则，同样会出现警官兼顾不了的情形。于是，我大起胆子，建议不如就在监区旁边的空地就地掩埋，这样，其他人就可顺路回去，警官也不必分身乏术。当然，去找掩埋工具的麻烦，我自然不会主动提出。果不其然，警官立马就说，没有挖坑的工具啊，丢到垃圾车上简单一些。我看出警官仍在犹豫，就又提出了我的观点，回去拿工具就行了，这样还能为空地添点肥料。我最后这句话立马起了作用，警官当即就说，走吧。

杰克，当时我并不知道，卡西莫多就是泰山的儿子，之所以提出这样的建议，其实完全出于我的私心。之前，我一直为没能将安娜、苔丝埋在空地而耿耿于怀，我想若是卡西莫多能够埋在那里，我就可以经常去看它，和它说说心里话。而今，当我确认它与泰山的关系后，我感觉非常幸运，庆幸它们父子分开这么多年后，最终还是聚在了一起。

这次回信，我想把这段时间的所有事情都向你讲一下。信长了点，但都是我想告诉你、也是我想要说的话。离回家的日子越来越近，但我的心情却越来越糟。一想到猫界的现状，我的心情就非常沉重。我没有兑现我的承诺，真说不定，等到我出狱的那一天，监狱猫界就已不存在了。人们常说，事在人为。现在看来，人也有不能为的事儿啊！

盼有机会面谈！

兄：安迪

安迪这次回信，让我大吃一惊：为什么这么长时间不回信？为什么这封信厚得像一本书？

算起来，安迪大约有半年没给我回信。我不知道是什么原因，又不能打电话去询问，于是只好将疑问闷在心里。再有就是这封信，400 字一页的手写稿，足足有 20 页之多！再一看信封，竟贴了 4 张 2 元的邮票！重庆发往外地的平邮信，20 克才 1.2 元起步，这封信得超了多少重啊！

安迪的信，让我在千里之外的北京，也感受到了一股肃杀之气。我完全没想到，监狱猫界会发生这么大的变故，所谓元气大伤，大概指的就是这种情形吧。从安迪描述的情形来看，监狱猫界怕是走到尽头了！

我为监狱狗界的报复感到震惊，为卡西莫多之死感到悲哀，更为动物之间的这种搏杀感到寒心。说实话，接到安迪的这封信，尤其是他最后一句“盼有机会面谈”，搞得我一下就坐不住了。当天下午，我将手里的事情做了安排，就通知办公室给我订张机票，明天就回重庆去看安迪。

# 苏格拉底

快要出狱的人，当着其他人的面，尤其是刑期长的人，都会很小心，怕因自己的“胜利大逃亡”会给他人带来心理上的压力。表面上，他们都是一脸的不在乎，而且还会说几句漂亮话，诸如“大家都会有这一天”“哎呀，几年一晃就过去了”之类，其实，他们一直在心里暗暗地数着日子，痛并快乐着。

只有安迪例外。

尽管离出狱的日子已不足一年，尽管已有牢友开始向他表示祝贺，尽管他也盼着早日出去，但在他的心里，目前只有扯拐和它的孩子。

是啊，不知说了多少次，但这一次，监狱猫界的冬天真的来了。四季流转，天地轮回，安迪不知道，这个冬天之后，猫界是否还有春天。在卡西莫多死去之后，安迪每天照常收集食物，照常放在铁树下，照常向监区大门望着。有时候，他会产生错觉，仿佛看见一大群猫从大门外跑进来，跑在最前面的往往不是扯拐，而是安娜。

安迪对安娜印象最深。尽管算起来卡西莫多最年长，但安迪觉得，在监狱猫界，没有谁能替代安娜，甚至包括泰山。其实，泰山已在他脑海里变成了一个符号，这个符号曾短暂地与卡西莫多重合，但如今又渐行渐远。而今，想着过去每天敲敲盆子，耳边响起那清脆悦耳的声音，就扎得他心痛。

猫界成群结队的时代已去，猫群大呼小叫的时光也已一去不复返了。一天天端去满满的食物，又一天天原封不动地倒进垃圾桶，安迪虔诚的动作开始变得走样。他甚至有些担心，如果哪天监区的警官说，猫都不来了，你就不用再喂了吧，自己该怎么回答呢。

好在，安迪手里还有一张王牌，这就是有一只猫还要来。

卡西莫多之死，逼迫扯拐不得不搬家，而且搬到谁也不知道的地方去了。扯拐自己似乎业已看破红尘、隐居乡野，不再光顾监区。但令安迪非常意外的是，扯拐唯一的孩子却经常光顾监区，成为监区唯一的常客。

扯拐的孩子是只灰色的公猫。最初安迪准备给它取个贱名，就像扯拐一样。但是，无论怎么取，安迪都不太满意。眼瞧着它越长越大，个性愈加凸显，安迪再也经不起诱惑，终于还是回到老路上，准备按过去的惯例，给这只猫取个洋名。

在安迪看来，这只猫可用三个字来概括，那就是瘦、静、呆。麻猫长得很瘦，它小时候看起来还较健康，不知是不是因搬到教学楼后缺吃少喝，或为体质之故，越长越瘦。它的下巴尖尖的，身上的肋骨清晰可见，腿就像根木棍，安迪最初准备的贱名里就有“瘦儿”。听花木组的牢友讲，有一次，他们在广场偶然碰见过它，当时，它似乎不小心卡在了密密的丛林小树枝里。当牢友们试图上前帮它时，它竟然从只有几厘米宽的树枝之间，硬生生地挤过去逃走了，当时还把大家吓了一大跳。静，也是麻猫留给大家的深刻印象。它是一只非常安静的猫，平时走路都轻手轻脚的，在没受到惊吓的情况下，几乎听不到它的声音。它总是静静地来，然后静静地离开，安静得仿佛没来过一般。而最令安迪感到奇异的，则是它的呆。它可以一个下午就在一个地方待着。一般情况下，它从不卧着，而是坐着，双腿并拢，身子立得笔直，像雕塑一样一动不动。头偶尔会转动，但都是慢慢的，有如机器人一般。有时，它像一尊佛，默默地注视着众生；有时，它又像是一位学者，似乎在思考着猫生。

它在想什么呢？安迪试图研究它，解读它，若是碰巧角度合适，他会用眼神去与它交流。然而，这一切都是白费功夫，它的眼神是空洞的，而且一言不发，你永远不知道它在看什么、想什么。正是这一静若止水的景象，让安迪在《西方哲学史》上找到了答案，决定给它取名为苏格拉底。

《西方哲学史》里，讲述了哲学家苏格拉底的几件事。

有一天早晨，正在服兵役的苏格拉底，在想着一件他解决不了的事。然而，他又不愿放下这件事，所以，他不断地从清晨想到中午。他站在太阳下一动不动地想着，到了中午人们开始注意起他来了，来来往往的人都在传说，苏格拉底从天一亮就站在这里想事情。最后，天黑下来，有几个伊奥尼亚人出于好奇，就搬来铺盖睡在露天里，为的就是要守着苏格拉底，看他究竟会不会站一整夜。结果，苏格拉底一直站到第二天早晨。天亮起来，他向太阳做了祈祷，才走开了。这是《筵话篇》里记载的故事。

书中还讲述了另一件事。苏格拉底和亚里士托德姆一起去赴宴会，但苏格拉底一出神，就落在后头了。当亚里士托德姆到达时，主人阿迦敦就问："你把苏格拉底怎么了？"亚里士托德姆大吃一惊，这才发现苏格拉底并未和他在一起。后来，他们派奴隶去找苏格拉底，发现他站在邻家的廊柱下。奴隶回来说："他呆呆地站在那里，我叫他的时候，他一动也不动。"当时知道苏格拉底的人就出来解释："他有这种习惯，会随时随地站住，并且无缘无故地出神。"于是大家就不再问苏格拉底了，等到宴席过半，苏格拉底才走了进来。

罗素在书中，还披露了一件令人称奇的事。苏格拉底在服兵役时，因部队供给被切断，人们少衣缺食，这个时候的苏格拉底表现出惊人的毅力。当所有别的人不是躲在屋里，就是穿着多得可怕的衣服，紧紧地把自己裹起来，给脚包上毛毡，只有苏格拉底穿着平时的衣服，赤着脚站在冰上。正是这些丰富细致的描写，才让安迪将麻猫与苏格拉底联系起来。

不过，颇让安迪感到安慰的是，史书记载的苏格拉底很丑，有人评价说，他“比萨提尔滑稽戏里的一切丑汉都要丑”。而麻猫虽瘦却很清秀，毛色虽杂却很柔顺，在安迪看来，这似乎更适合它的静与呆，难怪安迪常在人面前感叹：“苏格拉底太安静了，安静得能让世界静止一样。”就像波兰诗人亚当·扎加耶夫斯基，在他的《捍卫诗歌》一诗里描述的那样：

那里花园飘香，
猫安静地坐在
门前的台阶上，
像中国的哲人。

现在每天中午时分，苏格拉底都会准时出现在操场上，雷打不动。吃完饭后，它或是选择监区角落里的盆景，或是选择监区铁网一角的小平台，有时甚至会爬到监区大门的柱头上，静静而安详地坐着。两点整，看着车间的牢友出工；四点整，看着伙房的牢友出工。接近五点，它结束一天的守候慢慢下来，然后，又慢慢地消失在监狱广场的树丛中。

尽管对苏格拉底为何这样百般不解，但有一点安迪可以肯定，那就是苏格拉底能够躲过那次血腥的世界大战，能够一直坚持到现在，在很大程度上，或与它的这一生活方式有关。苏格拉底从不到处乱跑，安静得像一个苦行僧，在狼烟四起的战争时期，这种佛系活法为它增添了保险筹码。曾获诺贝尔文学奖的英国女作家多丽丝·莱辛，写过一部作品叫《论猫》，在书中她对猫有一句评论，可谓将苏格拉底的状态写到了极致："如果说鱼身上与生俱来的是水的波动，那么猫身上与生俱来的就是空气的形态。"在安迪看来，苏格拉底就是空气的形态：它飘浮在空气之中，静止在形态之上，沉浸在世俗之外。它的一举一动、一言一行，似在诠释自己信仰的真理，又似在解析哲学家苏格拉底的至理名言："逆境是磨炼人的最高学府。"

卡西莫多之死，犹如发热的头脑遇到兜头的一盆冷水，对监区的牢友打击极大。而今，虽然苏格拉底天天到监区来，但大家好像都视而不见一般，既失去了往日的热情，又似乎在顺着苏格拉底之意，任凭它一天天地呆立在那里，没人去逗它，也没人去打扰它，虽形同路人，却给了苏格拉底足够的空间，安迪觉得这样也好。

这样的日子持续了一段时间，直到冬天来临。有一天早晨起来，安迪惊奇地发现，窗外竟然是白茫茫的一片：哇，下大雪啦！这是安迪在监狱第一次遇见下雪，对号称火炉山城的重庆来说，主城周边下雪非常少见，为此，整个监区都欢呼起来。

那是一场罕见的大雪。天空雪花飘飘，大地银装素裹，雪压在蓬松的榕树上，形成一簇簇洁白的花朵，挂在枝头上。平时寻常的石板小径，被雪隔成黑白相间的长方形格子，犹如一道雪做的天梯，铺在广袤的原野上。那些冬天落叶的枯枝，全都挂上冰霜，在光影的作用下，映出奇幻的色彩。这天出工的花木组，成了监区其他牢友最羡慕的人。他们当天的任务就是在广场清扫雪地，他们甚至还在广场堆了一个雪人。安迪他们在去推饭的路上也感受了一下雪景的美妙。到了下午，雪下得更大，吃完午餐的苏格拉底，这一次没有躲在角落里，而是登上了监区门前的柱台。整整一个下午，它一直呆立在风雪中，一动不动，任飘舞的雪花落在头上、身上。一身灰色的苏格拉底，到了下午五点左右，完全变成了白色。在那一刻，苏格拉底似乎化身为一只最高贵、最纯洁、最美丽的猫，它在向世人展示，它的美是纯粹的、自然的、洁净的。

这幅冷艳孤傲的画面，成了安迪难以忘怀的记忆。当天晚上，或许受亚当·扎加耶夫斯基那首诗的感染，完全不会写诗的安迪竟然诗兴大发，他将自己写下的一段话拆了开来，把它弄成一首诗的模样，标题为“苏格拉底的梦想”：

一只像精灵的灰猫

在雪中伫立，一动不动

它在心里唱着

我的世界开始下雪

它让雪花裹满全身

使自己变得纯洁

它幻想成为一只高贵的猫

终在雪中得以实现

两千多年前的雅典

苏格拉底穿着平时的衣服，赤脚站在冰上

两千多年后的重庆

苏格拉底什么都没穿，站在监区的柱台上

雪使他们在此相遇

雪使他们从此融合

雪成全了一只猫的梦想

它是中国的哲人

见面，大声呼喊，隔着玻璃对掌，坐下紧紧握住话筒，说话显得语无伦次，亲热得一塌糊涂，恨不得伸手拉住被玻璃隔开的彼此，这就是大半年不见，我和安迪再次坐在一起的见面礼。周围的一切似乎都已不复存在，我们说话的声音像机关枪，一声盖过一声，一浪越过一浪。我看出安迪的亢奋，安迪也看出我的激动。我们彼此抢着问候打听，在这相当长的时间里发生的一切。

我告诉安迪，目前北京的工作进展相当顺利，业务已慢慢扩展到十多个国家和地区，有的地方还建立了分支机构。我向安迪大致描绘了未来的蓝图，一如他从前走过的路，我的大部分业务已从线下走到线上，今后安迪的语言特长、互联网思维、逻辑推断能力，都会在这个日益变得精彩的世界里，得到淋漓尽致的发挥。我安慰他一点不用担心今后的出路，盼望他早日归来，兄弟一齐上阵，尽情大干一场。安迪听罢，脸上洋溢着幸福的笑容。他同样告诉了我一个好消息，他最后一次申请减刑的材料已经上报，现正等待法院来狱开庭，到裁决下来之后，他就知道出狱的准确时间。他以一种不让我担心的神情说，他在里面一切均好，希望我不必牵挂。

眼见出狱在即，有些犯人情绪波动很大，出现紧张、烦躁、自卑、失眠等状况，安迪特地解释说，这就是监狱里的“出狱焦虑综合征”。焦虑的源头是他们不知道外面的变化，从而对未来没有把握，本来盼着出狱，可真到了那天，却有所畏惧，迷茫无助。因此，许多监狱都会在犯人出狱前对其进行思想教育，让他们了解外界情况，鼓励他们运用自己掌握的职业技能，勇敢面对，有的监狱还会开展模拟回归体验。不过，安迪表示，他几乎没有一点类似的症状。他说，除了对未来的憧憬和对家人团聚的期待外，他一直挂念着监狱猫界的现状。

其实，我是非常想知道猫界的情况，但我没说这次是因为他上次写的信，而专程回来看他，就是担心这一话题会让他伤心。所以，这次见面关于猫的话题是安迪主动提起的。然而，安迪的坦然与平静，很出乎我的意料。他慢慢地给我讲着近期发生的事，情绪平稳，语气平和，隐隐有一种超然脱俗之感。

猫狗世界大战，两大头领对决，猫界几近灭绝，这一连串发生的大事，安迪用短短的几句话做了总结。他说，自然界永远遵循和谐统一、系统平衡的规律，其间的优胜劣汰、弱肉强食，虽然是推动物种进化的不二法则，但“大自然者既然在人间造成不同程度的强弱，也常用破釜沉舟的斗争，使弱者不亚于强者”。安迪解释道，这是孟德斯鸠说的，有关人类的这些论断同样适合于动物界，更何况还有人类的干预和守护。

这次帮教，安迪主要讲了苏格拉底，扯拐唯一的骨肉，谈到了苏格拉底以弱者示人，却活得自在安静，纯真无忧，又特别讲到它后来因为一辆车而住在监区的情况。安迪说，自从监狱实行“零带入”后，家属来看犯人能带的东西，就只有书籍和文娱体育用品了。而大家平时订阅的报纸杂志量多且重，逐渐使得监区运送这些物品成了一大问题。他说他们经常看到，在周一家属接见结束之后，警官们就轮流去接见楼搬运物品，走几个来回，个个累得满头大汗。

安迪说，直到有一天，监区操场突然停了一辆漂亮的小警车，他们后来才知道，这是监狱专门为各监区添置的。“杰克，这不是外面那种警车，它是电瓶车改装的，就是景区运送游客的那种小车。不同的是，景区的电瓶车都很长，可以坐许多人。而监区的这辆警车很小，只有两个座位，但改装出来还挺时髦，看着警官开车，感觉非常拉风。”说到这里，安迪还有些不好意思。他说，监狱就这么巴掌大个地方，只要稍稍有点新鲜的变化，大家都觉得很新奇。有段时间，他们在操场放风散步时，就喜欢围着警车参观，还指手画脚、评头论足，警车俨然成了监区一景。

安迪说的这种电瓶车，我当然知道。其实不仅是景区，许多楼盘的售楼部，还有一些步行街、大型商场，包括高尔夫球场、街上巡逻，都有这种改装的电瓶车，主要用于观光载客、治安巡逻、搬运货物等。我估计，监狱为监区配备这种车辆，当然不可能是只为了运送物品，作为警用交通工具，用于执行警务怕才是应有之义。关于这一点，我没对安迪说起。

仍沉浸在“监区一景”的安迪，开始讲到了苏格拉底。他说，不知是什么原因，突然有一天，结束“佛系立法”的苏格拉底到了下午五点不走了。奇怪啊，苏格拉底从来都是晚饭前就走，今天是怎么回事呢？安迪说："我根本没想到苏格拉底会留下来，真是太意外了！晚饭时，我就把自己订的一份肉丝分给它吃。呵呵，它吃得可香了，吃完后仍没有走，又爬到监区大门柱台上发呆。"

"是不是你的肉丝太好吃了，它闻到香味了？"我打趣地回应着。安迪哈哈一笑，说："苏格拉底再聪明，也不知道我晚上有肉丝啊！"安迪说，当时他的直觉还以为是苏格拉底临时改变主意，想品尝一下他们晚餐的味道，说不定吃完还是会走的。但一转眼安迪就觉得，自己的判断一定有误，苏格拉底突然决定留下，肯定会另有所图。于是，他那天就特别注意苏格拉底的行踪。

"猫平时看似自由自在，但你只要注意观察它们的行为，还是有一定的规律性。"善于察言观色的安迪为我举了一个小例子。他说，过去每只猫从外面到监区来，几乎都有自己固定的线路，而且这与它们的性格有关。泰山到监区来，从来都是大摇大摆，直接从监区中间穿过。而最胆小的甘地夫人，则从来都是靠着墙边，轻手轻脚地溜进来。安迪分析说，这种行为与它们思维定式有关。苏格拉底一改过去固有的习惯，突然在某一天起了变化，应当是有它自己的什么想法。

经安迪这一提示，我也想起了一件趣事。因开拓业务的关系，我回国后到大理住过一段时间。有那么几次，我晚上都陪客户去一间酒吧玩。那间酒吧有一只大狗，非常温顺，几乎每天都固定卧在一个地方。客人们喝多了酒常去逗它，都非常配合，从不会对任何人有不友好的表示。这是一间较为狭长的酒吧，中间只有一条通道。因我去过几次，慢慢地就发现，凡是主人召唤或是其他原因，当这只狗必须通过这条道时，它总是顺着一边蹑手蹑脚地走，一次也没见它招摇地从中间穿过。安迪听我讲后解释说，这实际就是这只狗的固有思维，有可能是主人教过的，但更可能是环境给它的暗示，它只能或者必须这样走，方能适应这样的环境，从而养成自己一生的习惯。

回到现实的猫界，安迪为我描述了那天晚上的情形。放风结束后，大家都上了楼，他就跑到走道的窗前，一直注意观察苏格拉底的动向。果然，一看到操场上空无一人，苏格拉底就迅速从柱台上下来。“径直”，安迪特别给我强调这个词，苏格拉底没有一丝停留，径直冲着警车去了。到了警车跟前，苏格拉底同样没有任何停顿，敏捷地一溜身就钻进了车底，然后再也没有出来。

“懂了，它这是把车底当家了！”仿佛找到了最佳答案一般，我有些兴奋地脱口而出。安迪嘻嘻笑着，在玻璃那边竖起大拇指：“对了，苏格拉底就是要把警车当作自己的家。杰克，你不知道，那天晚上直到熄灯，我都盯着警车。我在想，苏格拉底会不会走？它是临时在这儿，还是准备长久住下去？”安迪说，当天无风无雨，看起来苏格拉底并非临时起意，当系有备而来，若是这样，那就说明它今后可能就会在此安家。

或许是很久没有见面的缘故，那天安迪的情绪特别好，在讲到苏格拉底的这一决定时，他一连在电话里说了几遍：“苏格拉底终于在监区安家了！”看得出来，苏格拉底留在监区一事，着实让安迪兴奋不已。安迪说，除了安娜生崽的那一次，这还是第一次，一只成年猫安安心心地住在了监区，这意味着什么呢？安迪在英国学习多年，最不缺的就是他的逻辑推理和思辨能力。看似一件不起眼的小事，他却能给你讲出许多道道，一如接下来他给我讲述对此事的观点一样，确实令人不得不服。我见他在电话那头掰着指头，有板有眼地一一为我分析：

首先，尽管监狱猫狗的大战貌似结束，但随时随地都有可能重起战端，苏格拉底能够在这个时候落户监区，可以证明，经过它一段时间的考察判断，认为六监区才是最安全的地方。安迪分析说，苏格拉底平时在角落里发呆，他还不以为意。但一直没弄明白，它为什么会趴到监区门前的柱台上。安迪说，柱台有四米多高，以苏格拉底一贯的低调风格，它本不该这样去出风头。直到苏格拉底在监区安家，安迪这才醒悟过来，聪明的苏格拉底实际将监区门前的柱台，当成了它的瞭望台和观察哨，看起来它在上面无所事事，实际则是在观察监狱狗界的动向。正是经过缜密的仔细观察，苏格拉底或许发现，六监区以外的地方仍是不安全的，它最后决定选择六监区，正是出于对自身安全的考虑。

其次，通过这段时间与监区接触，苏格拉底可能最终确认，六监区已是它最值得信赖的地方。安迪所在的监区，一直在为猫界提供食物。看起来，其他监区表面上与六监区没什么两样，但实事求是地讲，六监区犯人的经济条件相对好些，能够给猫界提供的食物也相对多些，这当系六监区能一直承担喂养任务的重要原因。能够在一个食物充足的地方生存，这应是动物最本能的选择。另一方面，或许监区的人对苏格拉底表现出的漠然，反倒让苏格拉底更为安心。在真正的荒郊野外，一个不受干扰的环境绝对是最令人放心的地方。还有一点，安娜当初在此安家、养育孩子，很大程度上是为子女着想。而苏格拉底已是一只成年猫，它做出的所有决定都是为了自己，它在此安家与安娜的做法相比，当更能证明它对监区的信任已从有所依赖到了值得托付的程度。

最后一点，警车的到来确实为苏格拉底提供了庇护之处，说不定在苏格拉底的眼里，警车就是上帝赐给它的居所，而事实正是如此。在此之前，光秃秃的监区操场一览无余，几乎没有任何能遮风避雨的地方，而猫又不能进入监区大楼，苏格拉底即使想来安家也不行。而今警车的到来，实实在在为它提供了现成的栖息地。就这一点，安迪还做了详细说明。喜欢待在车底并非苏格拉底的专利。事实上，几乎所有的猫，就像喜欢塑料袋一样喜欢车底：空间狭小、取暖乘凉、挡雨遮风、躲避伤害，这些都是猫喜爱车底的原因。监区的警车比一般的轿车小很多，空间越小，给苏格拉底带来的安全感就越大。巧合的是，警车又停在监区的一角，相对偏僻，挡风效果亦佳。此外，电瓶车的底盘，没其他轿车那么复杂，猫不会因自身的鲁莽和好奇而被卡住，危险系数又有所降低。综合所有因素，这已是苏格拉底最为满意的家居乐园了。

安迪最后总结说，对一只猫而言，无论监狱多么危险可怕，监区里面总体还是相对安全的。苏格拉底最终能够选择留在六监区，既是对监区安全系数稳定的认可，又是对食物来源充足的认可，还是对居住之地舒适的认可，更是对他们人类友善的认可。说到这里，安迪禁不住笑了起来，他说："杰克，你不知道那段时间，苏格拉底简直成了个宅男。它白天在监区各个角落发呆，晚上就在车底安安静静休息，它一天大门不出，二门不迈，除了吃饭、发呆、睡觉，几乎什么都不做，你说像不像个富二代？在这样的环境里，几乎不会受到狗的伤害，跟家养的宠物差不多了。而且，它的生活极其有规律，每个时间点似乎都是经过缜密计算的，可以说继监区的警车之后，苏格拉底现在也成了监区一景。"

就在安迪说得眉飞色舞之际，当是替苏格拉底的安全担心，我还是没忍住，以据我所知的事实，直接提了一个非常不合时宜的问题，而这个问题还是我在外面经常遇见的。这就是，车子本身没有问题，但一旦启动，就可能会给猫带来伤害，甚至是灭顶之灾。

孰料我的这个问题就像是一道闪电，一下就击中了安迪，他稍后的沉默和情绪变化印证了我的猜测。安迪说，事实的确如此，待在车底最大的风险就是车辆启动，而许多猫则因此命丧车下。不过，安迪强调，监区警官也注意到了这一新情况。自苏格拉底在监区安家后，凡是要动用警车时，开车的警官都会看看车底，有时则按按喇叭，以确认苏格拉底的存在，这令他非常感动。随之而来揭开的伤疤则让安迪脸色略显凝重，他说，杰克，你的担心是对的，百密必有一疏，苏格拉底最后确系被车轧死的。就在我啊的一声之后，神情变得颓然的安迪叹了一口气说，或许这就是苏格拉底的命吧。接下来，安迪大致给我讲述了事件发生的经过。

安迪所在的推饭组早晨去伙房推饭，时间都很早，冬天六点、夏天六点半。当时正值冬天，他们出工时天还没亮。下到操场，大家只是发现警车不在，谁也没在意苏格拉底去哪儿了，况且平时警车都停在监区一角，若没事谁也不会到那里去。等他们回来吃完饭，天已大亮，这才发现了角落里的苏格拉底。说到这里时，安迪声音稍稍有些变调。他说，苏格拉底侧身瘫在地上，一副熟睡的样子，基本保持着它平时休息的姿态，但已经死了。它的头部没有变形，身子却扁扁的，就像一张纸铺在地上。奇怪的是它的身上并无血迹，安迪猜测，车子大概是从它身上快速碾过的。直到第二天安迪才听说，那天半夜，监区警官接报出警，因事情紧急，完全忘了车底下的苏格拉底，车子一启动，甚至根本没听到任何叫声，就把它轧死了。

安迪说，他当时过去仔细看了看，苏格拉底的嘴微微张开，嘴角有少许凝固的血渍，双眼紧闭，神态安详，似在安睡，这多少让他心里好受一些。不过，有一点令他特别痛心，那就是这种双人座的电瓶警车其实不是很重，若换作泰山、卡西莫多这样的体质，说不定就只是受点内伤。此外，猫的睡眠很特别，虽然它们一天要睡上十多个小时，且被冠以“懒猫”之称，但真正睡着的时间只有几个小时，其他可算是假寐或闭目养神，而野猫更是警醒之至。但可叹的是，监区的警车既是电瓶车，又是新车，启动时声音较小，行进中更是悄声无息，它的这一优点反而要了苏格拉底的命。当然还有一点，那就是苏格拉底的运气太差，若警车只是伤及它的腿部或其他不致命的地方，它也不会为此送命。综合这些因素，连安迪都无可奈何地说，这或许就是苏格拉底的宿命。

至于在车底安家，安迪坦言同样有过担心，只是监区实在没有其他地方可供苏格拉底居住，如果非要在监区内外作出选择，安迪表示，监区外的恐怖世界则更令人可怕。因此，他是抱着一丝侥幸暗自在心里赞同的，想着若是大家都小心一些，苏格拉底再机灵一些，当不会出什么问题。安迪说，他过去听过一种说法，说住在车底下的猫，99%都活不过一岁，他当时并不相信，但这次信了。

得知苏格拉底最终还是死于车下，我既为自己方才的唐突感到内疚，又为苏格拉底的结局感到伤心，我没想到我的担心会变成现实。在被问及扯拐是否知晓此事时，安迪只是摇头，他说扯拐很少露面，现在看来，一直在监狱到处游荡的扯拐没像苏格拉底那样住在监区，或许也有它的道理。

随后在说到去掩埋苏格拉底时，安迪有些动情。他说，或许是因为警官的不小心造成了这次事故，后来在处置尸体的方式上，监区完全顺从其议，将苏格拉底埋在了它父亲卡西莫多的身边。安迪告诉我，在埋葬苏格拉底时他想了很多，想到它死时还没满周岁，想到它极其短暂的一生，既没有惊天动地的创举，也没有波澜壮阔的事迹，它悄悄地来，又悄悄地走，不带走一片云彩，但它那副经典的雪中印象则永远留在了记忆深处，成了他心中无声的墓志铭，并将其写在了那首诗的后面："雪中沉思的中国哲人——苏格拉底。"

尽管安迪一再向我强调，他为苏格拉底取的名字非常贴切，但在苏格拉底死后，他还是有些后悔，觉得还是该取贱名好，并给我讲到了历史上苏格拉底的死。公元前399年，年约七十岁的苏格拉底被指控，因为“不敬国家所奉的神，宣传其他的新神，并以此教导青年、败坏青年”的罪名被判处死刑。他拒绝了乞求赦免和外出逃亡的建议，饮鸩自杀。

历史上的苏格拉底有自己心中的神，那现实中的苏格拉底，有没有自己信奉的神呢？安迪说，他当然无法回答，但他知道一个事实，那就是苏格拉底一直在坚持自己的生活方式，或许它是参悟透了历史上的苏格拉底的一句名言，从而选择安静地离开：“我去死，你们去活，究竟谁过得更幸福，唯有神知道。”

## 泰森

安迪出狱前的那段时间，我的工作重心已转向海外，一段时间甚至连北京都待得不多，而是满世界跑，很少回重庆，更别说去看望他了。不仅如此，或许是因为安迪快要出狱的缘故，我和安迪的通信也基本中断，对他的情况更是无从得知。直到今年初，我突然收到安迪寄来的一本杂志，像是内刊，里面全是有关监狱系统的内容。杂志上有安迪写的一篇小说，题目叫作“泰森”。

翻开杂志第一页，夹着安迪写的一张便笺。大意是，这是监狱组织开展的征文活动，要求人人参加，他就写了这篇小说。后来被监狱推荐，得以在系统的杂志上发表。他寄来的目的就是想让我了解下监狱的情况。他说，因征文有字数要求，他只写了三千字，而文章背后的许多故事，待今后见面时再给我详说。他还告诉我，他最后一次的减刑裁决已下，今年4月12日出狱，若我在渝便可一聚。

啊，安迪终于熬出头了，而且还写起小说来了！不知是因安迪出狱的消息让我大为振奋，还是因“小说”二字打动了我，我几乎是一拿到杂志就看了起来。区区三千来字，本可以一口气看完，无奈办公室人来人往，实在静不下心来。直到傍晚时分，待把手里的事情处理完毕，我没急着回自己在北京的单身宿舍，而是去倒了一杯咖啡，又去洗手间认真洗了洗手，这才坐下，将杂志周周正正地在桌上摊开，慢慢地看了起来。

## 泰森

欧阳安迪

### 一

还以为对方要反扑过来，泰森迅速缩身准备应对。突然，只见卡西莫多前腿一软，后腿跟着外滑，一个没撑住，便滑出楼顶的护墙之外。接着身子一沉就往后仰，瞬间整个身体失去平衡，脸朝上、身子外翻，一下便掉了下去！泰森当即愣住了：它无论如何也没想到，它们之间的这场世纪大战竟会以这种方式结束！

砰的一声闷响，从楼下传了上来，泰森顿感浑身无力。它用干渴的嘴舔了舔自己胸前的伤口，恍若有种死里逃生的感觉。它没想到，自己称霸数年的监狱里竟还有如此穷凶极恶的大猫！这只名叫卡西莫多的大猫不仅杀死了它的夫人，还敢一路追杀至此，差点置自己于死地，泰森为此感到悲哀：看来，自己真是老了！

对此，泰森一直在反省自己。想当初，一只小猫贸然闯入领地，被自己的夫人拿下，可谓天经地义，泰森一点没在意。谁会料到，它的父亲卡西莫多就像吃了豹子胆，竟将自己的夫人杀死了！每每一念至此，泰森就觉得有点喘不过气来。那段时间，泰森简直气得发狂，它发誓要将这些猫崽子一网打尽，哪怕是发动世界大战也在所不惜。在随后两个月的时间里，它率领狗界一路高歌猛进，杀得猫界片甲不留，决胜在望。然而，就在这节骨眼上，它的仇人卡西莫多却失踪了。

对于卡西莫多的消失，泰森的第一感是，它被自己的阵势吓住了，胆怯了，逃跑了，它抛下自己的妻儿，到外边避难去了。泰森虽觉得有些失落，但总是少了一个宿敌，于是，在极度放松的情况下，它准备将卡西莫多妻儿收拾干净。然而，正当它将那对母子锁定之时，卡西莫多竟然杀回来了！一想起这场要命的恶战，泰森至今心有所惧：最初在六楼楼梯搏斗时，它的脖子不小心曾被卡西莫多咬住。若不是正好有人干涉，它的小命就恐不保。而当它们重新回到楼上战斗时，自己的胸口又被咬伤。还好，自己犀利的还击重创了对方的下巴和前腿，这才使得卡西莫多意外摔下楼去。

疲惫的泰森从护墙上跑过，看见下面一群人正围着卡西莫多。此际，它已不关心卡西莫多是死是活，它只知道，它们的战争已经结束。回想自己在监狱的日子，最值得骄傲的就是当年与猫界头领泰山的那一战，仗着自己正值壮年，终将泰山打败。其他诸如安娜、汤姆之流，它是没放在心上的。而今能够让自己刻骨铭心的，恐怕就是与卡西莫多的这次决斗了。唉，老了，真的老了！这场大战似乎耗尽了自己所有的精气，很长一段时间，都没完全恢复过来。虽然，卡西莫多留下的妻儿依然是它的心头之患，但它已是心有余而力不足。罢，罢，罢！谅它们母子也翻不了天，就让它们多活几天吧！

## 二

泰森是监狱狗界的领袖，更是监狱动物界的王者。这些年，它一直稳稳地掌控着大局，一边繁衍生殖不辱使命，保持狗界兴旺发达；一边毫不留情打击猫界，维护着狗界的领地。这些战绩放在任何地方，那都是一等一的功勋，更何况，它还为监狱立下过不少汗马功劳……

有一次，伙房在收工清点厨具时，发现一把菜刀不见了。伙房是监狱重地，事关犯人饮食安全。伙房的厨具，与车间生产工具一样，均是管制最严的对象。若是在外边，一把菜刀算什么？但在监狱，它就是超级危险品，若是管理不到位，这家伙被犯人拿在手里，就可能变成杀人的凶器，这还了得！

整整三天！伙房及周边简直被翻了个遍，甚至还发动监狱的警官一起寻找。可以说，菜刀一天找不到，从囚犯到警官，从监区到监狱，没有谁能安生。就在这关键时刻，泰森大显身手，在伙房旁边的水沟里找到了菜刀！

原来，伙房的犯人那天用完菜刀后，不小心将菜刀与剥下的烂菜叶子，一起倒在水沟旁边的空地上。凑巧的是，菜轻刀重，犯人倒的时候，菜刀从盆里掉了出来，它在菜叶的掩护下，悄无声息一个筋斗，竟直直地插在水沟壁上。菜刀有锈，与沟壁颜色差不多，而上面又被乱草遮住，结果掘地三尺，甚至连水沟都用水冲过，也没把它找出来。

谁也不知道泰森是如何发现的，总之，它那天叼着菜刀出现在大家面前时，伙房简直是一片欢腾！伙房所有的犯人都去亲了它一下。最后大家集体决定，伙房为泰森记一功，当天每人贡献两块肉来犒劳泰森，其中，有个犯人还拿出了半份肉。因为，泰森是值得这个犯人尊敬的。

这是个新犯，初来做菜时，曾偷偷将一只烧熟的鸡腿用塑料袋包好，藏在了冰柜后面，准备收工后拿回监区与同伴享用，走时却忘拿了。等到第二天早上出工，因正值夏季，天气炎热，鸡腿已有了味道。但这个犯人舍不得扔掉，就悄悄把鸡腿拿出来搅在稀饭里，准备吃掉。正当大伙在吃饭时，泰森突然从外边冲进来，一下就将那个犯人撞倒在地。然后，它一口准确地叼起鸡腿，径直跑了出去。其他人不明就里，冲出来准备找泰森算账时，正好警官在门前看见泰森在吃鸡腿，于是，这个犯人私藏鸡腿的事就抖了开来。后来泰森因吃了变质鸡腿还拉了几天肚子。那个犯人虽受到处罚，但仍感谢泰森的救命之恩。

泰森最露脸的一件事曾轰动监狱。那是监狱举行干警运动会，活动结束后，有位警官在回监区的路上，突然身体不适，一头栽进三监区边上的花坛里。当时天色已晚，这位警官走在最后，跌进去时被树木掩住，谁也没注意到。说来也巧，那天泰森不知为什么兴致特高，一直在警体中心观看比赛，回来路上，它发现了昏倒在树丛里的警官。不得不佩服泰森的聪明，它跑到卫生院去报警，硬是拖着警官前去抢救，泰森再立大功，被评为模范动物，走上狗生的巅峰，当之无愧。

## 三

这些功劳已随着时光流逝渐渐远去，泰森从不居功自傲，只是兢兢业业地守住这片阵地。回顾自己的一生，横刀立马，叱咤风云，似已功德圆满。然而，有一件心事始终如鲠在喉，令它终生郁郁寡欢，这就是负气杀死欢欢一事。

这是泰森一生唯一感到后悔的事情，因为欢欢是它的女儿。在这一点上，尽管人类没有认可，但只有它心里清楚，欢欢的确是它的亲骨肉。事实上，它是爱欢欢的，所有伙房的人都可做证。但是，为了狗界的安全，泰森绝不允许欢欢与猫来往，即便它是自己的女儿。一想起那天发生的事情，泰森心头就有气。有好几次，那黑鬼都被它逮住了，要不是欢欢胳膊肘往外拐……唉，也怪自己气到了极点，结果不仅让欢欢丢了性命，还让那小子跑掉了。但没想到，那小子还是个情种，欢欢死了还来纠缠。最后它陷入滚烫的沥坑，遭遇灭顶之灾，这可怪不得我，至少我没有直接干掉它，就算是它还了欢欢一命吧。

女儿死了，夫人死了，泰森觉得，无论自己在监狱里有多么辉煌，但终究是家破人亡，怕是自己这些年杀戮太多造的孽吧。倘如此，还放不放过卡西莫多的妻儿呢？按理说，上次自己就放过扯拐一马。刚一想到这儿，这位狗界巨人立马就坐了起来：不行，若放过它们一马，自己的夫人、女儿不就白死了？它必须为狗界战斗到最后一息。

## 四

看起来，因为忠诚，因为功劳，因为一生的从不懈怠，更因为在监狱两界至上的权威，泰森会在这儿光荣退休，说不定还能树碑立传，名垂青史。然而，泰森不仅没能兑现自己的承诺，而且永远没有机会坚持到最后了……

一天，伙房来了一位新警官，据说是刚从警校分来的。当天在伙房值班的警官带着他与犯人见面，又陪着在伙房周边转了转，介绍情况。随后，新警官来到伙房旁边的办公室，坐在办公桌前开始翻看材料，以便尽快熟悉接手的工作。一会儿，值班警官接到电话就回狱部去了，办公室只剩下新警官一人。就在这时，泰森出现在了门口。没有任何声响，它瞪着眼张开大嘴，悄悄进屋。接着，它就像平时捕猎一般，猛地冲了上去……

在监狱里，狗不咬两种人，一是穿制服的警官，二是穿囚服的犯人。那位新警官初来乍到，还没来得及去领制服，结果不幸成了泰森攻击的对象，伤得较重。法律判决里的“功不抵罪”，在监狱同样适用，在狗界也同样适用，泰森罪不可恕。

行刑那天，伙房的犯人都哭了。被绳子拴住的泰森，享用了最后的晚餐。那是伙房特地为它煮的一碗杂烩，闻起来很香。下午五点左右，料峭的寒风吹起地上的几片落叶，一束冬日难得一见的阳光照在即将走上刑场的泰森身上……

“安迪，小说写得真不错！不过，小说都是虚构的吧？你写的泰森之死是真是假？还有，我觉得有点奇怪，泰山、安娜、梵高、甘地夫人、卡西莫多，对了，还有扯拐，这些都是你最熟悉、最喜欢、最关注的猫，而且它们陪伴你这么多年，你为什么不写它们，反而要写被自己视为敌人的泰森呢？”

借着春节，我回了一趟重庆。在京看罢安迪的小说，我感觉安迪收集了不少素材，下了不少功夫，构思行文均属上乘，十分难得，已使我对安迪高看一眼。不过，这篇小说或因太短之故，里面有诸多细节未及明叙。这次回渝，除了祝贺安迪即将出狱外，解开我心头的这些疑问也是我去看他的重要原因。但不管怎样，有一点则确凿无疑，那就是看了小说之后，我对泰森似乎已恨不起来了。

“杰克，泰森是真的死了，”安迪开门见山，开始作答，“关于这篇小说，我是怀着十分复杂的心情来写的，尤其是在泰森死后，又了解到许多关于它的事情，想写它的愿望就愈加强烈。当然，小说终归是小说，里面有虚构的成分，比如开头那一段拟人化的描写。但是，里面讲到它做的几件事完全是真实的，只是因篇幅所限，写没得那么详细。至于说到为什么要写泰森，杰克，还是我之前说过的那句老话，自然界你死我活、无休无止的争斗，永远没有对与错，它们都是为了生存，正如我们人类是为了自由一样，都值得我们去写。生存与自由，可以说是世界两大永恒的主题，可谓写之不尽。”

我和安迪的这次见面，几乎是以问答形式展开的，我此前起码在心里梳理了若干个问题。在被问及怎么会以泰森的视角来写时，安迪突然掩口大笑起来，他说，他写的第一稿就是以自己的角度来写的，结果一上来，就把泰森恶狠狠地大骂一通：“杰克，呵呵，那可真叫骂得狗血淋头啊！”安迪说，他用了一连串最恶毒的字眼来发泄自己的愤恨，什么“手上沾满了猫界的鲜血，是猫界公认的头号公敌，可谓罪恶滔天，血债累累，罄竹难书，死有余辜”；什么“我与泰森有着不共戴天之仇，恨不得扒它的皮，抽它的筋，吃它的肉，喝它的血，将它打入十八层地狱，还要踩上一脚，叫它永不得翻身”，安迪说后来自己看着都觉得好笑。笑过之后，安迪认真地说，他把稿子放了一段时间后，发现不能这样写，他必须站在公正的立场上，而不是以一个猫界愤青代表的视角来看待这场猫狗之争。正因如此，他通过伙房掌握了大量狗界的情况，感觉有必要去了解过去被忽视的另一个世界，公平公正地看待它们，公平公正地给予评判，从而更好地理解动物的种种行为，这才是他写这篇小说的目的。

在具体谈到菜刀事件时，安迪告诉我，这是监狱发生的真实事情，而找到这把菜刀的泰森，也是从那时起奠定了它在监狱的头领地位。“据小说描写，泰森发现菜刀，伙房的人并未亲眼看见，那你又是怎么知道菜刀是掉在水沟里的？”这是一个敏感问题，基于我与安迪是无话不说，我才不怕他难堪而提出来。安迪对此胸有成竹，他说，这是伙房的人从菜刀上分析出来的。泰森叼回的菜刀一半是干的，一半是湿的，泾渭分明，而湿的那半截，上面有非常明显被水锈蚀的痕迹。伙房周边只有水沟里有水，后来，他们沿着水沟仔细寻找，还真在水沟边找到了菜刀留存的印迹。

“杰克，你不知道那次事件，伙房的人承受了多大的压力，泰森对他们来讲，那真若救星一般。后来它吃了变质鸡腿生病，大伙更是照顾有加，泰森在监狱的地位变得不可替代……”“等等，”我打断安迪的话，“你说的变质鸡腿提醒了我，至少有两个问题，我认为不太可能：其一，泰森怎么会知道犯人碗里有鸡腿，而且还是变质的鸡腿？它有神奇的感应吗？其二，狗吃了变质的食物会拉肚子吗？人们常说，狗改不了吃屎，屎难道不是变质的东西吗？狗为什么吃了没事？按理说，狗的肠胃适应能力应是很强的，可能家养的狗要娇气些，但泰森应算是野狗啊，怎么会吃这么点东西就不对头了？”安迪以一种怪怪的眼神看着我：“你看得真仔细啊！”安迪在回答前，先给我提了一个问题：狗的嗅觉到底有多灵敏？他说，世界上所有动物中，狗的鼻子最灵，这就是为什么人类会用警犬、搜救犬来帮助我们，而非其他动物。据科学家研究，狗的嗅觉是人类嗅觉的至少 1000 倍，甚至更好。随后，安迪列出一堆数据：狗大约有 3 亿个嗅觉细胞，是人类的 60 倍；狗的嗅球占据大脑八分之　的位置，是人类的 40 倍；狗可以在力亿分之一的浓度下闻到某种气味，譬如，若你能在一个小房间闻到香水的味道，那么，狗就能在一个封闭的体育馆闻到；狗大约能分辨 200 万种不同的气味，而且还能从众多混杂在一起的气味中，嗅出它所要寻找的那种气味。安迪告诉我，这一切都得益于狗鼻子的嗅觉细胞。狗鼻子的嗅觉细胞特别多，连鼻子光秃无毛的部分，上边也有许多突起，且有黏膜组织，能分泌黏液润湿着嗅觉细胞，使其保持高度灵敏。鸡腿原是用塑料袋包起的，味道散不出来。等新犯打开放在碗里后，泰森显然是嗅到了鸡腿的味道，而且能够分辨出是变质的气味。它之所以采取行动，这与平时对它们进行的验毒训练有关。

我对安迪讲到的这一大串数据表示惊讶，安迪特地解释，这个问题他早就想到了，这些都是他通过查资料所得，所以才能解开谜团。至于第二个问题，安迪说，变质食物主要含有各种杆菌和毒素，食用后会造成肠胃不适而有所反应。但一般情况下，狗吃了变质东西是没问题的，除非大量摄入才会引起不适或中毒。安迪以他家喂养宠物的经验为例，讲他母亲就经常有意给狗吃点变质食物，诸如变馊了的饭菜之类，只是不让多吃，借此来提升动物的抵抗力和适应力，增强生存能力。安迪说，他母亲的观点就是，动物与人一样，都不能太惯着。而真实的情况是，泰森食用后，确有那么两三天显得有点萎靡不振，本来可能是其他原因造成，但众人就恶作剧似的，以此去吓唬那个新犯，希望他今后不要再干这类蠢事。安迪说，小说因情节之故，遂将此事扯到一块，不过，倘若那个新犯真吃了的话，说不定会得场大病。从这个意义上讲，说泰森救了他是没问题的。

报警抢救警官是泰森最大的功绩，我只是觉得，外面街边的那些灌木丛真能遮住人吗？还有，警官没有呼救吗？身上没有手机吗？会不会是为了写小说而虚构的情节？安迪先没直接回答我的问题，而是简要介绍了一下现场的情况。他说，监狱各监区铁网外边都有用各种植物修剪出来的景观花台，同时也是环道的风景线，美观环保，三监区的花台栽植的是红花檵木。红花檵木属常绿灌木或小乔木，枝繁叶茂，姿态优美，花开时节，满树红花，极为壮观，广泛用于色篱、花坛、灌木球、桩景造型、盆景等城市绿化美化，是珍贵的乡土彩叶观赏植物。这儿的红花檵木采用灌木球造型，沿监区铁网外一纵过来，有几十个灌木球相拥一起，球形约有七十厘米高，球与球之间有较大缝隙。

介绍差不多了，安迪才回到正题。他说，警官倒地昏迷是真实的，监狱里几乎人人皆知。据称，警官正是倒在球形灌木之间的空隙里，树高天晚，才未被发现。事后抢救诊断，这位警官系运动后脱水突发昏厥，属短暂性的缺氧所致，稍事休息就能恢复。关于手机一事，安迪说，监狱警官是不准带手机上班的，只有出了监管区才可使用。我虽口头勉强赞同，但总对泰森的报警持怀疑态度。安迪告诉我，事情发生的经过实际上是听监区警官说的。那天，另有两位警官在运动时受了点小擦伤，正在去卫生院的路上，结果泰森冲着他们大叫，又咬住裤管不放。警官以为狗狗疯了，还准备打它。泰森见警官不理，又上去挡路。这样反复几次，两位警官才弄懂它的意思，就跟着它来到三监区花台。安迪说，因小说篇幅限制，这些细节不能全都写进去，故只能一带而过。

至于欢欢是不是泰森的女儿，安迪告诉我，这是出自伙房一个牢友的观察。安迪的这个牢友在伙房待的时间比较长，很喜欢与狗玩耍，也很了解狗的一些习性。他发现，在所有的狗狗中，泰森似乎对欢欢有一种特殊的感情。直到泰森摔死欢欢，他一直都不相信这是真的。虽说欢欢的活泼性格与泰森差异很大，这也是众人未承认它们是父女的原因，但这个牢友后来讲到一个众人不得不承认的事实，这就是，长大后的欢欢，背上慢慢显出一条长长的灰线，一直到尾端，而泰森也有这样的灰线。安迪解释说，小说认可了这个牢友的说法，主要是想拟人化地表述泰森的情感世界。

谈到泰森的内心情感，安迪若有所思，认为人不应该带着偏见去看待动物，为此他讲到自己的亲身经历。之前，安迪平时去伙房，几乎不与泰森接触，在心理上有种拒绝感，总觉得泰森对他抱有恶意。就在泰森被处死的前几天，安迪去推饭时在伙房稍有耽搁，他有意近距离去接触一下。结果没想到，他与泰森的交往大出他的意料。当时，他用手去摸了摸泰森的背，又抚抚它的头，以示亲近。结果泰森非常友好，用鼻子嗅嗅他的脚，又用嘴拱了拱他伸出的手，远不是之前他想象的凶恶与敌视。

就是在那一刻，安迪良心发现，其实这一切都是自己心理在作怪。正是因为自己主观有所厌恶，客观又不愿去接受，这才造成以为相互仇视的心理，从而阻断了他与泰森的正常交流。安迪说，后经多方了解，泰森其实是一只非常通人性的狗，比如每天关进狗舍时，它都会用嘴去舔犯人的手，而平时犯人们的吆喝使唤，它有时还能听懂，帮助做一些简单的打杂事情，如捡个什么东西啦，重的东西还会帮忙使把劲啦，诸如此类。同时，泰森还颇有王者风范，从来不会与其他狗争食，甚至有时还会在犯人面前撒撒娇。这些家养宠物狗的习性时不时在泰森身上展现出来。安迪说，事实上，伙房的狗已带有家养的性质，它们听从犯人的要求，服从犯人的指挥，在某种程度上讲，它们与人类的关系已超越了猫与人类的关系。

经安迪这么一说，我想到一个问题，这就是泰森既然很通人性，那为什么还要去攻击警官呢？小说里讲，狗不咬两种人，但监狱进进出出那么多人，有参加警示教育的，有进去施工的，有送百货的，有倒垃圾的，还有其他临时进来办事的，为何狗都没有攻击？难道所有进出的人都有警官陪同吗？为什么这次单单就被泰森撞上了呢？

安迪听罢我的疑问，一脸肃然。他说，监狱壁垒森严，责任重大，怎么可能会让人随便进出？外人进出当然都有警官陪同，连运送垃圾的车进来，警官都会坐在驾驶室。因为除了狗以外，还有关押的犯人，同样需要防范。按理说，一般情况下，是不会发生这种严重事故的。那天的情况非常特殊，泰森事前可能到别处去了，它没有看到值班警官 同在场，而新警官之所以遭到攻击，除了没穿制服外，当时警官所在的场所也是一个致命的诱惑。

安迪分析说，这是监狱发生的首例动物攻击人类的事件。相对室外而言，封闭的警官办公室可谓监狱重地，平时犯人若没征得警官同意，是不允许进去的。这些管理上的制度规定和监狱的日常生活场景，不断地在狗界那里得到相应的暗示。久而久之，伙房的狗就肩负起了看家的责任，充当起监狱重地保护神的角色，而非常重要的警官办公室，自然便成为它们重点看守的地方。一个没穿制服的陌生人，突然出现在警官办公室，在已成为看家狗的泰森眼里，无疑是它必须攻击、制服的敌人。

我和安迪的交流，还有小说对我的影响，使得我对泰森的态度有了很大转变。我曾试着小心地询问安迪，监狱对泰森的处置是不是有点过了？它对监狱作出过这么大的贡献，难道就不能放它一马？或者另行给予稍稍宽大的处理？若是在从前，我可能会为它的死而欢欣鼓舞，可到现在，我发现自己已在为它打抱不平了。

对于泰森之死，安迪明确表示，监狱的处置是正确的，吃人的老虎、狮子都必须处死，更何况一只狗！安迪解释说，老虎在第一次吃人后，就会觉得人类是非常容易捕获的生物，那今后在饥饿时，它就会选择捕杀人类来充饥。因此，若不将吃人的老虎杀死，这种事情就可能再度发生。安迪说，有个极端的例子足以说明这样处置的必要性。

在印度和孟加拉两国的交界处，曾有一只老虎在吃人后开始不断攻击人类，结果前后导致四百多人命丧虎口。之后两国派出专业猎手对其围剿，才成功将其杀死。后来人们发现，这只老虎的牙齿已掉得差不多了，大概就是因年龄太大已无法捕食，这才袭击根本无法与其对抗的人类。而必须这样处理的另一重要原因，则是担心老虎会养成惰性。老虎原本是捕杀快速奔跑的食草动物，捕食起来比较费劲。而当它们吃了人之后，便会觉得人类易于捕食，就不会再猎杀其他动物。因此，老虎在吃人之后都会被直接击毙。安迪说，关于动物吃人的事，甚至还有这样“超前”的处置方式。在美国一条著名的徒步旅行路线上，人们发现三头美洲狮吃掉了一具人类尸体。而后根据警方调查，被吃掉的人在狮子发现时就已死了，并非狮子攻击所致。然而，当地警方最终认定，以人类尸体为食的狮子将会对人类构成威胁，于是将三头狮子全部安乐死。

安迪说，作为珍稀动物的老虎、狮子尚且如此，一只狗算得了什么？而且还是一只野狗！即便你有大大的功劳，只要伤了人都会被处置，这是铁一般的原则，没有任何余地。当然，人都是有感情的，泰森之死给伙房带来的悲伤是可以想象的。为此，安迪给我转述他所了解的行刑细节，这些是小说里没有的，而有些事情也不能写进小说里。

处决那天，伙房的犯人一起到树下与泰森告别。他们煮了一大碗杂烩，里面有骨头，有鱼，有肉，那个被泰森救过的犯人，还带了一袋牛肉干。“杰克，动物真是有灵性啊！”安迪感叹不已，他说，泰森似乎知道自己闯下了弥天大祸，仿佛也知道自己的末日来临一般，面对平时难得一见的大餐，它竟然一点没吃，只呆呆地坐在地上发愣，目光呆滞，动作迟缓。行刑现场气氛凝重，又有警官在场，没人敢去安抚泰森。只有那个泰森于他有恩的犯人，一边哭喊着“你吃一点吧，吃一点吧”，一边把牛肉干往它嘴里塞。最后，泰森只吃了一小根牛肉干，它衔在嘴里一直嚼着，像是永远吃不完似的。

安迪最后讲到处决的情形。他说，杀狗是一件非常残忍的事。以前农村杀狗，一般采用水淹、打头、吊杀等方式，这次对泰森行刑就选择了相对简单、痛苦较少的吊杀，就是我们所说的绞刑。伙房的人找来一根粗绳，一头拴在泰森的脖子上，另一头挂在大树的粗枝上。行刑时，只要将树上的绳索往下拉就行了。然而，由谁来套绳索、又由谁来拉呢？这看似简单的一件事，却难倒了伙房的人。因为，谁都不愿让泰森在自己手里终结。最后，还是大家集体决定，所有的人都参与，一起将绳索拉起来，伙房的组长站在最前面，就由他将绳子套在泰森的脖子上。然后，大家背对泰森，在组长的口令指挥下，以最快的速度将绳索使劲地往下拉，既不忍见行刑的情形，又能减少泰森的痛苦，用安迪自己的话来说，监狱里依然闪烁着文明之光。

安迪告诉我，伙房的人那天回到监区，都对现场情况闭口不提，个个守口如瓶，只有和他关系极好的串串，后来悄悄地给他讲了当时的情况。说绳索拉下后，强壮的泰森挣扎得相当厉害，伙房共有二十多人，可以说费了好大的劲才控制住绳索。串串告诉安迪，泰森挣扎了好几分钟，直到树上没有动静后，他们才转身将它放下来。结果令他们大吃一惊，现场一片狼藉，泰森的舌头吐在外面，屎、尿洒了一地，还有它脖子上的狗毛，因与绳子剧烈摩擦飘得到处都是。

安迪的讲述让我听得惊心动魄，若没有安迪的小说，也没有今天的交流，我可能会觉得大快人心。然而，在了解了许多泰森的事情后，我着实替泰森难过，而安迪的感受同我一样。他说，第二天一早去推饭，他特地去树下看了看。现场已被打扫得干干净净，狗毛也被风吹得无影无踪，什么都没有了。后来在离大树稍远一点的地方，安迪找到了一片残叶，上面依稀有些白色和褐色的斑点，已完全干了。安迪悄悄把它带回来，拿给串串辨认。串串告诉安迪，他参与了现场的打扫清理，可以肯定地说，这些斑斑点点的污物就是泰森的粪便。

安迪说，当时串串问他捡这片树叶干吗，还讥笑他是不是想留着作纪念，安迪笑而不答。后来监区组织除草，安迪又来到空地。他将那片枯叶埋在了泰山坟头的旁边，还用土堆了一个小山包，摘了一把各色的小花插在坟头上。安迪给我说，泰山是真坟，

泰森算是衣冠冢，枯叶上的粪便就是泰森的衣冠。枯叶化为有机物，粪便化为肥料，都与泰山的躯体一样，最终归于尘土。他希望，作为曾经天敌的冤家，作为曾经两界的领袖，现在彼此的恩怨一笔勾销，为了生存，为了领地，为了监狱，它俩都尽力了，而今相伴长眠于此，亦算是一种缘分。

安迪的这些想法、做法，在那天我们的交流中，让我感触很深。他说，他之所以这样做，就是联想到监狱的管理。尽管监狱为了达到惩教的目的，限制了囚犯的人身自由，但也不该是培养犯人敌视、仇恨、报复的地方，而应是他们的感化之地、修为之地、重生之地。若是囚犯都能通过这些事情得到感悟，净化心灵，并从中矫正自己的言行，这对他们的未来是有帮助的。

我正听得起劲，安迪突然不吭声了，随后，他以一种狡黠的眼神望着我说:“杰克，你来过监狱这么多次，我有个问题想问你，你觉得监狱可怕吗？”

“监狱当然可怕啦……”我似乎想都没想，就随口说了出来。尽管我多次来过这里，尽管我对许多警官有很好的印象，但一说到监狱，我依然会想起电影《肖申克的救赎》里，那些犯人无恶不作、恃强凌弱、相互残杀的可怕画面，“安迪，我对监狱的认知，除了与你交流有所了解外，更多的是通过那些影视作品。而你也算是这里的老人了，待了这么长时间，难道你不觉得可怕吗？”

安迪先是笑吟吟地听我作答，然后才慢慢收起笑容严肃地说：

“影视作品，特别是国外的影视作品，虽然有夸大的成分，但毫无疑问，监狱依然是世界上最可怕的地方之一。不过，以我个人的体会和认知来看，监狱远没有你想象的那么可怕，真正可怕的是人的内心。生活中常有这样的情形，有的人虽身处污浊之地，但心地纯洁，从善至终；而有的人虽身处繁锦之世，却内心龌龊，到处作恶。我们的身体虽然在监狱，但脑子是自己的，我们完全可以对自己的行为负责，尤其是可以选择对这种生活的态度。这就好比在外人看来，我在监狱里喂猫有点可笑，但我一点也没觉得是在作践自己。事实上，我所专注的远非喂猫这么简单，更非监狱生活本身，我是想用行动证明，自己的人生能否经得起监狱这座大山的重压。经过这些年的磨砺，我现在开始明白，监狱虽说是一座大山，沉重得令人窒息，漫长得无边无际，但它确能教会我人生所有的一切，而这则取决于……”安迪清了清嗓子，一字一顿地说，“取决于人的无限可能，以及你对这种无限可能的把握和运用。”

我静静地看着恍若镜中的安迪，细细品味着他说的话，他讲到人的脑子以及人的无限可能，使我想起了日本推理小说天王东野圭吾的名作《嫌疑人X的献身》。书中身处拘留所的数学天才石神哲哉，曾有这样一段话让人过目不忘:“身体受到束缚不算什么，只要有纸和笔，就能做数学题。手脚被绑了，思维还能活动。纵使什么都看不见，什么都听不见，也无人能把手伸到他脑子里。”

我在猜测，这大概就是安迪所说的人的无限可能吧。这些年他关注监狱猫界的生存，思索生命的意义，又何尝不是在发掘自己的无限可能？而这种无限可能，除了他自己又有谁能控制得了呢？

本来还想和他细细探讨这个问题，但眼见时间已不多了，而有件事又一直鲠在我心头，让人不吐不快，最后我还是硬着头皮提了出来，那就是泰森最后到底是怎么处理的，言下之意就是想知道，伙房是不是像上次吃欢欢那样，这次又吃了泰森。安迪目光闪烁地看着我，讲起了另一件事。

他说，处决泰森那天晚上，伙房的人回来得很晚。因第二天监区有个帮教活动，饭后，他和推饭组的人一起在食堂做清洁卫生，一直做到很晚，回监舍时大家都睡了。第二天一早，串串跟他说，本来有从伙房带回来好吃的东西，可惜他那天晚上不在，结果被监舍的人都吃完了。安迪一听就明白了，不再追问。他知道，泰森与欢欢一样，同样被伙房的犯人消化了，因为这是监狱。

安迪说，若是过去，他可能真恨不得吃它的肉，但那天他要是在监舍的话，他会选择不吃，哪怕是监狱里千载难逢的美味佳肴。因为，他从来不吃狗肉，况且已不恨泰森了。过了很久，串串主动告诉安迪，同上次他没吃欢欢一样，这次只有一个人没吃狗肉，就是那个曾被泰森抢走鸡腿的人。

## 扯拐

算好安迪出狱的日子，我提前两天飞回了重庆。

也就是安迪出狱的前一天，我突然临时改变主意，立马就给我同学打电话，告诉他我想下午去一趟监狱。我是想给安迪一个惊喜，更想给这么多年的探望画上一个具有纪念意义的句号。

现在可以告诉大家，这些年我之所以能够每月都去探望安迪，全仗着我的一个中学同学，他在另一城市里的一所监狱工作。凑巧的是，那所监狱与安迪所在的监狱是友好单位，我这才能长期前来陪伴安迪一起度过那些难忘的岁月。

这是我最后一次去监狱帮教。办完手续后，我熟练地将身上物品寄存在储物柜里，例行公事般走过安检门，路过再不用上账的柜台，穿过旋转铁门进入接见大厅，正好看见玻璃里面的楼外，一个蓄着一头黑发、身穿囚服的人从窗前掠过。一转眼工夫，他就从门外走了进来。

明天就要出狱了。

按照监狱规定，出狱的前一天，犯人可以不出工。这对安迪而言，意味着他干了七年的推饭洗碗的活儿，到今天就彻底结束，当然也包括喂猫。但实际上，自从苏格拉底死后，因为再没有猫光顾监区，安迪的喂猫任务就自动取消了。在最初的那几天，每当安迪收拾桌面，看见桌上堆起的骨头、鱼刺，都会一连说上好几遍“可惜了！可惜了！”，而说完之后还会向外张望，他是多么盼望能有一群猫跑进来呀！

春天本是万物复苏的大好时节。细小的银杏叶开始零星挂上枝头。草地泛出青绿，各色的野花急不可耐，纷纷从地里探出头来，享受暖和的春阳。万物都在此刻苏醒，梳妆打扮，沐浴更衣，想着那春上枝头，众起争奇斗艳。然而，这个春天在安迪看来，已变得有些索然无味，监狱两界在恍然之间，同样了无春趣，怅然若失。泰森之死让狗界陡生寒意，仿佛所有的狗都在一夜之间老去。它们小心地看着人们进进出出，不敢越雷池半步，安迪一直念着的太平时代姗姗来迟。只是，它来得太晚了，晚到与之争锋的猫界早已名存实亡，而所谓的太平已无任何意义。

猫界唯一的独苗扯拐已有半年没有露面。曾经如此黏人的它，已无人知其行踪。关于扯拐的下落，有一点是确凿的，就是它仍在监狱里，只是看见它的人少了。即便偶尔有人见过，也只是瞧见而已，至于它的具体情况则无人知晓。

这天一大早，因监狱早就不准再搞出狱的晚会活动，安迪也乐得轻松，便开始分送自己不带走的东西，计划着出去的事。他想先陪父母回老家看看，然后利用暑假再陪妻子和儿子出去转一转，抽时间还会去看看大汉，包括他喂养的猫。最后就是自己的工作，若是杰克那里适合，就去帮他打理；若是不适合，安迪就准备再度创业。在出狱的前一周，安迪的妻子来看他，两人还商量着出狱当天的安排。安迪告诉妻子，说杰克可能要来，要不当晚就一起吃个饭。他还叮嘱妻子，来接他时带套便装来，他要穿得干干净净的从这里走出去。监狱规定，即将出狱的犯人享有两项特殊待遇：一是可以蓄发，安迪早在两个月前就开始蓄发，现在头上已长出黑发。二是出狱那天早上，可以穿便服出去。

午休之后，安迪刚起床，忽听到楼层门岗在喊："安迪，帮教！"咦，自己明天就要出狱了，今天还会有谁来看我呢？若说是杰克也不对呀，他说好明天来接我的，就没必要今天再跑一趟了，那到底是谁呢？

跟着警官下了楼，来到监区操场，警官忽地想起什么似的问道："你明天不是出狱了吗？怎么今天还有人来？是不是你夫人给你带衣服来？"安迪恍然大悟："对呀，有可能是我老婆！她可能担心明天送来有点晚了，上次来接见，我们还商量着呢。"警官回应说："不过，即使今天送来也不能给你，但可以替你保管，明天一早你就可以穿了。"

安迪连说多谢。刚出监区大门，警官就叫安迪走小路，从广场横穿过去。安迪有点纳闷：平时参加帮教都是直接从环道过去，穿过监管大门前的水池，就可到达接见楼，今天怎么走广场呢？正想着，警官告诉安迪，他要去一监区交代点事，完了再带他去接见楼。安迪哦了一声，低头踏上小道，向广场那边的一监区走去。刚走到广场的小路上，前面忽地窜出一个小小的黑影：

啊，是扯拐！

真是扯拐，它正慢悠悠地迎面走过来。当时，安迪在前，警官在后，就在他看见扯拐的那一刻，简直觉得幸福来得太突然，他当时真想大喊起来："扯拐一定是来给我送行了！扯拐一定是来给我送行了！"

是啊，好久没看见扯拐了，它长大了，风姿绰约，风韵十足，双眉之间承继了安娜的水墨曲线，而且更显飘逸。它身上的蓝白花纹条理分明，皮毛浑厚，俨然已有一家之主的风范。它耸立的双耳尖尖的，一闪一闪，好似在捕捉危险的信号，以使自己随时处于戒备状态，应对可能出现的复杂局面。

安迪回想起从前，在小房间与它一起玩耍，跑到车间来看他，去伙房推饭跟着撵路，到食堂来找吃的，甚至还让他抚摩，一想起它憨态可掬的样子，安迪就感动得想哭。他完全没想到，自己还能在走之前与它见上一面！这突如其来的相遇让安迪的思绪高速转动，一想到自己明天即将离开监狱，就感觉他与扯拐的这次相见像是上帝刻意安排的：因为自己的苦难，因为猫界的存亡，更因为他与扯拐的缘分，他们应当，啊不，是当然，他们当然应有这次神赐一样的见面！

安迪在心里美美地想着：今天一定要多看扯拐几眼，一定要好好和它道个别，要让它知道自己是多么爱它，希望它今后好好地活下去，不要辜负了他的期望，要让自己没有任何遗憾地离开监狱，为这些年的苦难日子，为这些年的辛勤付出，更为了自己和它的美好未来，道一声珍重、再见！

然而，一路轻手轻脚走来的扯拐，忽地就停在了原地。它没往安迪这边看，而是非常警惕地环顾四周，完全视他为无物一般，然后转身向左边走去。安迪心里"咯噔"一下，暗叫不好，他担心扯拐没发现他，便加快步伐迎上去。

果不出安迪所料，扯拐向左走了一小截路后，旋又折回，重新踏上小路往右走，径直从安迪面前走过。此时的安迪紧张到了极点，感觉手脚都软了，他在心里反复暗示自己："扯拐看见我了，马上就要看见我了！它当然会停下转过头来……然后，它会好好地看看我，看看这个陪伴它长大的人；然后，就像我以前去推饭那样，它会陪我一起走一段路；然后，它才会独自走开；然后，今生今世我们将永不再见……"

时间在这一刻凝固了下来，或许有一分钟，或许有几十秒，甚至……啊，不，可能就只有几秒。事实上，扯拐根本没看安迪一眼，只是死死地盯着小道旁的树林。而就在安迪快走近时，它忽地抖了抖身子，猛地加快速度，然后一路小跑，从安迪的面前一穿而过，一下就不见了！

我和他就这样面对面地坐着。

七年了。隔着玻璃坐在对面的安迪，总体看起来变化不大。头上没有白发，脸上没有皱纹，身体也没有发福。只有皮肤比原来稍黑，但反而显得健康壮实。不过，安迪的表情却令我有些意外：可能完全没料到我会来，他惊讶的神情发自内心；也可能是明天即将出狱，还没等电话开通，他就在那边哭了起来。呵呵，我明白了，恐怕我应该理解安迪此时此刻复杂的心情：眼望自由的大门徐徐打开，回首自己这么多年的监狱生活，再想着明天自己就能从待了七年的这里出去，他心里一定是五味杂陈、百感交集吧。

“我来的时候……看见扯拐了！”电话接通后，安迪憋了半天，嗫嗫嚅嚅说了一句话。啊，他还在想着猫！“安迪，你明天就要出狱了，难道还有比自由更让你向往的吗？而且，你看见了扯拐，当是一件高兴的事啊！”我千里迢迢赶回来，满以为安迪会高兴得跳起来，万没想到他竟会为了一只猫，哭得像个小孩似的。

说实话，安迪一上来的情绪变化，还弄得我有点手足无措。我生怕他控制不住，于是小心地拿着话筒，不再说一句话，连眼

神也暂时避开，只听着他带着哭腔的沙哑声音从那边传过来：“我是看见了扯扬，看见了有大半年没见到的扯扬，而且应当是，可能是最后一次见它，我该高兴。可是……可是它竟然没看我一眼，连一眼都没看哪！”我一时没完全反应过来，连称呼也不喊了，大声地喝了起来：“喂喂喂，你说清楚一点，难道就是你来的时候看见它的吗？到底是怎么回事？”安迪见我询问，这才停止抽泣，把他与扯扬见面的情况原原本本地讲了一遍。说到最后，他还是没控制住哭了起来：“杰克，呜呜……杰克，你知道我有多难过吗？你知道我有多想念它吗？你看过《少年Pi的奇幻漂流》这本书吗？那只名叫理查德·帕克的孟加拉虎也是没有和少年派西尼道别，就永远从他的生活中消失了的呀！”

呵呵，等等等等，你说的真是《少年Pi的奇幻漂流》？这怎么可能？简直太神奇了！安迪提到的这本书，我刚刚看过，甚至连我重点看的章节内容都和他说的一致，难道我和安迪真是心有灵犀一点通吗？

这次我从北京返渝，可以说是一次非常糟糕的返程。因天气原因，准确说是雷阵雨，我在机场整整滞留了八个小时。手机电玩完了，机场里充电的地方又人满为患，最后我不得不在书店买本书来消磨时光，这本书就是《少年Pi的奇幻漂流》。其实，这是我看过的一部电影，根据此书改编，由华裔导演李安执导，当年可谓风靡一时，它描写一个名叫派西尼的印度男孩和一只叫作理查德·帕克的孟加拉虎，一起在太平洋上漂流227天后获得重生的神奇故事。那一人一虎惊心动魄的海上之旅，那蓝得让人心醉的海洋梦幻世界，那神奇瑰丽、宛若仙境的水上浮岛，着实让人回味无穷，当年曾一举拿下四项奥斯卡大奖。这部小说是加拿大作家扬·马特尔的名作，一出版就惊艳国际文坛，获奖无数，全球热销700万册。

大概是因为我看过这部电影，才决定买书来看看。结果没想到，在影片中被我完全忽略了的诸多细节，在书中却得到完美呈现。尤其是小说最后派西尼与理查德·帕克终于脱离苦海，到达陆地的那一段，给我印象最深，记得那时我已是在飞机上了，结果看得如痴如醉，有那么几段文字，我是反反复复看了好几遍，不意竟与安迪和扯拐的道别，有着如此惊人的巧合与相似——

> ……我从船舷爬了下来。我害怕松手，害怕在就要被解救的时候，自己会淹死在两英尺深的水里。我向前看看自己得走多远。那一瞥在我心里留下了对理查德·帕克的最后几个印象之一，因为就在那一刻他朝我扑了过来。我看见他的身体，充满了无限活力，在我身体上方的空中伸展开来，仿佛一道飞逝的毛茸茸的彩虹。他落进了水里，后腿展开，尾巴翘得高高的，只跳了几下，他就从那儿跳到了海滩上。他向左走去，爪子

挖开了潮湿的沙滩，但是又改变了主意，转过身来。他向右走去时径直从我面前走过。他没有看我。他沿着海岸跑了大约一百码远，然后才掉转过来。他步态笨拙又不协调。他摔倒了好几次。在丛林边上，他停了下来。我肯定他会转身对着我。他会看我。他会耷拉下耳朵，他会咆哮。他会以某种诸如此类的方式为我们之间的关系做一个总结。他没有这么做。他只是目不转睛地看着丛林。然后，理查德·帕克，我忍受折磨时的伴侣，激起我求生意志的可怕猛兽，向前走去，永远从我的生活中消失了。

……我像个孩子一样哭起来。不是因为我对自己历尽磨难却生存下来而感到激动，虽然我的确感到激动。也不是因为我的兄弟姐妹就在我面前，虽然这也令我非常感动。我哭是因为理查德·帕克如此随便地离开了我。不能好好地告别是件多么可怕的事啊。我是一个相信形式、相信秩序和谐的人。只要可能，我们就应该赋予事物一个有意义的形式。

……我希望自己当时对他说——是的，我知道，对一只老虎，但我还是要说——我希望自己说：“理查德·帕克，一切都过去了。我们活了下来。你能相信吗？我对你的感谢无法用语言表达。如果没有你，我做不到这点。我要正式地对你说：理查德·帕克，谢谢你。谢谢你救了我的命。现在到你要去的地方去吧。这大半辈子你已经了解了什么是动物园里有限的自由；现在你将会了解什么是丛林里有限的自由。我祝你好运。当心人类。他们不是你的朋友。但我希望你记住我是一个朋友。我不会忘记你的，这是肯定的。你会永远和我在一起，在我心里。那嘶嘶声是什么？啊，我们的小船触到沙滩了。那么，再见了，理查德·帕克，再见。上帝与你同在。

上帝与你同在。

说实话，在机场漫长的等待，本来心情特别不好，但当我看到这句话时，不知怎的心情莫名地好起来，而且一下就想到了安迪。我既惊讶于在这个时候读到原著，也满足于花了三十五元换来的重大发现，以至于回到家后，还一直在想着这场欲罢不能的告别，脑海里一直被这段文字占据着。我在想象，安迪会以什么样的方式，与他待了七年的监狱、与他朝夕相处的猫界告别呢？结果，这个念头竟让我一夜无眠，现在我想起来了，正是因为这一点，我第二天才突发奇想，想在安迪出狱前，最后来看他一次。而今，当安迪提到这本书时，我简直觉得这就是上帝给我的机会，我必须抓住，于是立马就接过话来："安迪，你说巧不巧？这次回重庆飞机误点，我也刚看了这本书，还着重看了他们最后告别这一段。虽然我对这样的结局也感到遗憾，但毕竟他们在一起生活过、经历过、战斗过，你多想想这些，想想你与这些猫走过的这些年，这才是你最最宝贵的收获和财富！”

安迪听后稍觉诧异，用手擦了擦眼泪，哽咽地说：“你既然看了就应该知道，我之所以觉得伤心，就是因为扯拐如此随便地离开了我，就像书中所说：‘不能好好地告别是件多么可怕的事啊！’杰克，我明天一早就出去了，这辈子怕是不会再见到扯拐了。虽然看见它我还是很高兴，至少知道它还健康地活着，感觉猫界又有了希望，但就这样草率地离别，我真是心有不甘！如果说扯拐跟其他猫一样，与我不远不近，我还好受一点，但扯拐恰恰是与我最最亲近的一只猫，它像家里的宠物一样喜欢过我，依赖过我，甚至还让我抚摩过，我真是想不通，它怎么会这样对我！”安迪说到这儿哭得像个泪人，我相信，安迪这次一定是伤透了心。

本想着安迪明天出狱，今天这次意外的见面一定是开开心心的，但没想到，安迪对未能与扯拐好好告别竟如此在意。不过，我非常理解安迪的心情，这些年，他一直在关注监狱猫的生存状况，把所有的心思放在了猫界上面，可以说倾注了大量的心血和汗水，而今与监狱唯一的一只爱猫话别，正是他特别看重的一件事情。

“杰克，你不知道，”安迪边哭边说，“苏格拉底死后，囚监狱再无猫的踪迹，监区的人便开始变得淡漠，到后来根本就没人过问猫的事了，仿佛这里从来就没有这些猫似的，想起来就叫人难过。其实，我和扯拐远没有那本书中描写的奇特经历，而我也没像派西尼那样，还想对扯拐说一大堆告别的话。我只是希望，这是我小小的希望，在我们偶然相遇时，它能够看我一眼，哪怕一眼，我就心满意足了。可是它……难道它真的把我彻底忘了吗？为什么就不能好好看看我呢？为什么啊，杰克，你说这是为什么啊？！”

我无言以对。人类一直有惯性思维，总会根据过往的经历和经验，并按照事物发展的逻辑进行思考。以安迪和扯拐为例，安迪自是将过去与扯拐的接触，依据正常的发展思维，来想象他们之间的感情。然而，他面对的是动物，是猫，那些过往的难忘经历，那些影响安迪的美丽故事，那些沉淀于心的点点滴滴，他都不自觉地附加在了扯拐身上，更何况他们这么久没有见面了，正所谓物是人非，而期望愈大，所失亦愈大，这或许就是安迪太过伤心的原因。

稍后，安迪的情绪渐趋平复，他说，尽管他很在意扯拐的态度，但毕竟在离开这里的最后一刻，亲眼看见它活得好好的，他表示还是满足了，并以略带歉意的口吻对我说：“杰克，你不要笑话我，刚才发泄一通后我已想明白了，若不是你突然来看我，或者警官不去一监区，或者不是这个时候，那我完全可能在走之前根本就见不到扯拐了。现在我唯一有点后悔的是，当时碍于警官在场，我没有喊它。唉，不说了，说不定这一切都是最好的安排，就像我给扯拐取的名字一样，那绝对也是所有猫当中最好的名字！”

安迪说到这里一脸郑重，他说，以前凡是取外国名字的猫都死了，只有取贱名的扯拐还活着。因此，他出狱后的第一件事，就是将自己的名字改回来，叫欧阳松，他要给父亲一个交代，自己今后的人生能挺拔如松。直到这时，安迪才毫无顾忌地提到了《肖申克的救赎》。安迪说，这本书和电影他都看过，其实刚一入狱就想到了，他没想到自己的经历竟会与这部电影联系在一起。安迪说，《肖申克的救赎》救赎的就是希望，正如剧中一句经典台词说的那样："不要忘了，这个世界穿透一切高墙的东西，它就在我们的内心深处，那就是希望。"安迪说，相信自己，永不放弃希望，永不放弃努力，耐心等待生命中属于自己的未来，就是对自己一生的救赎。

肖申克是美国一小镇的名字，那里有座臭名昭著的监狱，就是电影中的鲨堡监狱。电影原名 *The Shawshank Redemption*，Shawshank 按音译是肖申克，但意译就是鲨堡，即这所监狱的名字。在影片中，监狱长第一次出场时，就说了一句："Welcome to Shawshank！"翻译过来就是："欢迎来到肖申克！"为此，我也一脸郑重地告诉安迪，我是真诚希望他人生的这段经历，就是一部励志的《猫界的救赎》，希望它成为一个中国版的安迪故事，成就一段中国式的救赎经典。

安迪听了我的话一下就笑了，感觉他已从方才的失落中走了出来。他说，他还没想这么多，但这些年来，监狱的猫狗的确教会了他许多东西，有些感悟是刻骨铭心的，有些印象是永世难忘的，有些思考更是颠覆性的，令他受益匪浅，这段漫长而又奇特的经历终于在心里沉寂下来，现在他已能深刻地领悟到，每个人的心底都应有一座安第斯山，哪怕经历再多的磨难，也要抱着生存下去的信念；每个人的心底都应有一部《肖申克的救赎》，无论时间有多长，仍要看到希望的灯塔；每个人的心底都应有一只理查德·帕克，无论身处再危险的境地，永远都要勇敢地面对。

安迪说，一座山，一本书，一只虎，是人生的际遇；同在一段路程，同在一座监狱，同在一条船上，则是命运的安排。当你无法改变这种现状时，你唯一的选择就是顽强生存、看到希望、勇敢面对。如何活出生命的意义，活出人生的意义，安迪说，他的理解就是，面对所有的苦难，你可以选择自己的态度，而这，就是自己唯一的自由。

直到最后，我们的谈话才开始轻松起来，电话里传来递去的声音仿佛已将隔断的玻璃除去，眼前尽是明媚的春光、安迪发自内心的笑容，还有按捺不住的期待。是啊，我们都在盼着这一天的到来，再过一夜，它就真的来了！

嘟嘟声响起后，我和安迪同时挂上电话，然后站起来，像往常一样，将各自的一只手重叠在玻璃上。我望着玻璃对面稍觉有些模糊的安迪，明知他听不见，但还是面带微笑，轻轻地说了一声:“安迪，明天外面见。”

2014 年 10 月构思

2019 年 4 月动笔

2020 年 4 月定稿

# 后 记

《猫界》算是监狱题材的小说，讲述了一群猫在监狱里苦苦挣扎、艰难求生的故事。故事的开头是美好的，安娜生下了六胞胎。可以想象，这些小猫一生下来就充满希望，憧憬着未来安定温饱的生活。但是，现实远没有它们想得那么美好，饥饿短食时时存在，各种危险、意外充斥着它们的生活，死亡如影随形。

记得写完第一章《泰山》，我就拿去给儿子看，本是想听听他对小说的看法。大约一刻钟后，他就跑过来质问我："泰山怎么才出场就死了？"我看得出来，儿子理所当然地认为，泰山应是这本书毋庸置疑的主角。儿子当时并不知道，在接下来的所有篇章中，死亡才是真正的主角。

为什么要写这么多的死亡呢？虽然小说是虚构的，不免会有些夸大的巧合和过度的展示，但并不代表所有的情节都是编造出来的，毕竟"艺术源于生活"。余华的《活着》讲的就是在中国大半个世纪的社会变迁中，福贵一家的悲惨遭遇，除了福贵，其他人无一幸免。当时我读完后的第一感受就是：这家人怎么这么倒霉！但实际上，这就是那个年代人们困苦生活的缩影。在网上，我看到有篇文章这样评价道："《活着》的语言平淡无奇，仿佛就是从一位乡里老农口中说出，而不是一位著名作家。他只是叙述，冷冷地、十分正常地讲述了这么一个并不正常的故事。"我引用这两句话的用意是想说，相较《活着》而言，《猫界》里猫们的死亡恰恰是正常的。在现实生活中，流浪猫无处不在，但又有谁真正去关心过它们呢？即便有好心人天天投食，但没有人会在意谁来了、谁没来。若有一天，一只猫没有来，没来就没来了，不会有人去四处寻找它。恐怕大多数人都不清楚这些流浪猫一生是怎么度过的。

幸运的是，正是因为在监狱这样封闭的环境，才得以使我和这些猫"朝夕相处""不离不弃"，就像书中所说的那样，我成了一名长期跟踪记录猫界数量、专门观察它们生存状况的志愿者。完整陪伴它们过完一生，成了我的使命和责任，并且还据此得出结论，猫界的宿命并非监狱环境所致，它们的命运在任何地方都一样，甚至可以这样说，意外死亡是大多数流浪猫逃不开的宿命。事实上，处在有序世界的我们很难想象自然界的纷繁无序和惊涛骇浪。即便是在科技高度发达的今天，我们虽能用电脑绘出以假乱真、惟妙惟肖的猫咪画像，但依然无法改变它们的世界。这个世界看似触手可及，实则离我们很远，远到它们并不记得我们的模样。

在所有的死亡中，与世无争的苏格拉底，选择了一条它认为最稳妥的生存之路，但终究还是死了。小说分析了监狱当时的状况，它有其他选择吗？没有。苏格拉底能够选择在监区落脚，已是最明智的做法了，且非常接近于现在的家养。从不出门，衣食无忧，无人伤害，如果它的“家”是一辆停在操场上的“僵尸车”，相信苏格拉底会在监区里颐养天年。

但是，这只是我们的美好愿望。因为，苏格拉底终有一天会去寻找它的爱人，会在本能的驱使下，踏上一条难以预测的未来之路。

这就是苏格拉底的宿命，任何一种变数都会改变它一生的命运。

除了猫以外，小说还写了两只狗。欢欢虽然是个小角色，且生命短暂，但作为猫狗两界的友好使者，它承载了小说意欲描绘的理想境界，这就是动物之间的和谐相处。然而，欢欢力量微薄，根本不足以消除两界之间的恩怨，更无法改变严酷的现实，而主宰这一切的就是泰森，真正贯穿整部小说的隐形主角。

泰森是虚构的角色，但也不是无中生有，它大概是几只狗的化身。小说讲究情节冲突和戏剧效果，作为猫界对立面的代表，泰森的定位和作用就至关重要。当初，猫狗两大阵营对垒，泰森就是邪恶的代表，它对猫界的残暴无情、赶尽杀绝，可以说到了无以复加的地步，它犯下的滔天罪行罄竹难书。但是，小说最后仍公正全面地描写了泰森，就像文中所描述的那样，的确“有必要去了解过去被忽视的另一个世界，公平公正地看待它们，公平公正地给予评判，从而更好地理解动物的种种行为”。

我这样处理的目的是想说明，人性是复杂的，事物是多样的，善恶远非我们想象的那样分明，对错也远非我们想象的那样简单。泰森虽是猫界的天敌，但在狗界有它存在的合理性，更何况它还有我们尚未发现的另一面：忠诚聪明、爱护属下、坚守阵地、兢兢业业。我相信，尊重这些人性的普适价值，挖掘这些人性的深度情感，角色形象才会立体，感情层次才更丰富，情节架构才更真实，作品才会更有温度和张力，小说所想表达的主题也才能在对立与统一、内心与外在中凸显出来。

在写作中有个颇为意外的效果，就是小说运用了大量类似推理的写作手法。监狱猫狗两界发生的事情，我们所能知晓的大多是结果，而不是过程，这是流浪猫生存环境和生活特性所决定的，已由不得作者随意改变。为此，我就不得不通过杰克与安迪的讨论来还原事实，于是就产生了逻辑推理的演绎过程。编辑也指出过这个问题：小说以人的视角来观察猫的生存状态，有的是安迪自己亲眼所见，有的是从狱友、狱警间接得知，还有就是作者的推测。这样会不会让读者觉得，这只是作者一个人的看法，而实际上这些猫并不是我们想象的那样？

这的确是一个非常有趣的问题。我阅读过大量的推理小说，这些作品之所以能够得到读者的认可，是因为作者最后能够拿出实实在在的人证与物证。而这一点，《猫界》是做不到的，甚至从专业的角度来看，《猫界》在这方面很“业余”，除非亲眼所见，其他一切似乎只是表面合乎逻辑的假设推定。对此，我遵循两个原则：一是尽可能穷尽所有途径，让推理最大限度地接近真相；二是遵从动物的生存法则，并基于人们对猫的观察所达成的共识来得出结论。当然，这些推理是否合情合理、小说的描写是否令人信服，还有待读者的评判。

无论怎样，能够记录下这些动物的生存轨迹是我的荣幸。毕竟它们不会说话。它们的生活只存在于我们的文字之中，寄放在我们的记忆深处，有些东西，甚至仅停留在我们的想象中。但是，它们带给我们的感受却是永恒的：无论生命多么短暂，它们总是不遗余力地留下生活过的痕迹；哪怕死亡在不断地捕获它们，它们生命的历程仍旧绚丽多彩。德国哲学家海德格尔就曾说过：“一朵花的美丽在于它曾经凋谢过。”虽然我痛惜这些生灵的消失，但也明白了一个道理：自然界生与死之间的距离，实则就是万物进化的过程。云卷云舒，花开花落，生死相继，不会因我们的干预而改变。唯一能够改变的，就是我们对它们的态度。

我怀念与它们在一起的那些日子。小说最后，扯拐没看安迪一眼，安迪也没机会向扯拐表白，似乎是小说的一大“遗憾”。

关于这一点，最初我不是没考虑过，只是觉得如此处理太过生硬，有亦步亦趋之嫌。现作为后记不妨在此“狗尾续貂”，就像派西尼对理查德·帕克那样，算是代安迪对这些猫说些心里话，权作后记的结语吧——

谢谢你们给予了我肉体和心灵的重生。你们不屈的抗争，让我体会到生存的不易；你们无畏的进取，让我感受到精神的自由。

在失去自由时再失去你们，在得到自由时又离开你们，是我唯一的悲伤。我所能做的微乎其微，人类对你们真正的帮助，是没有污染，没有杀戮，没有越界的打扰。

岁月或许会让我慢慢地淡忘过去，但我会一直记得你们。因为，你们在我生命中重生，一如当年我在你们生命中重生一样。

我尊重你们，你们平等待我，我们有多种意义上的守望互助。你们的世界没有歧视与偏见，而我们人类有。派西尼就曾警告理查德·帕克，当心人类，他们不是你的朋友。但我想说的是，今后当你们遇到不可抗拒的灾难时，一定要寻求人类的帮助。这是我最大的希望与祝福：让那些爱你们的人与你们同在。

刘孤白

2020年9月

FONGHONG
凤凰联动出品